우리는 올록볼록해

우리는 올록볼록해

아이와 내가 함께 자라는 방식

이지수 산문

마음산책

우리는 올록볼록해

아이와 내가 함께 자라는 방식

1판 1쇄 인쇄 2023년 6월 30일
1판 1쇄 발행 2023년 7월 5일

지은이 | 이지수
펴낸이 | 정은숙
펴낸곳 | 마음산책

편집 | 성혜현 · 박선우 · 김수경 · 나한비 · 이동근
디자인 | 최정윤 · 오세라 · 한우리
마케팅 | 권혁준 · 권지원 · 김은비
경영지원 | 박지혜

등록 | 2000년 7월 28일(제2000-000237호)
주소 | (우 04043) 서울시 마포구 잔다리로3안길 20
전화 | 대표 362-1452 편집 362-1451   팩스 | 362-1455
홈페이지 | www.maumsan.com
블로그 | blog.naver.com/maumsanchaek
트위터 | twitter.com/maumsanchaek
페이스북 | facebook.com/maumsan
인스타그램 | instagram.com/maumsanchaek
전자우편 | maum@maumsan.com

ISBN 978-89-6090-823-9 03810

* 책값은 뒤표지에 있습니다.

세상에서 나를 가장 사랑해주는 사람을

내가 만들어낸 기적.

우리가 지금처럼
꼭 붙어 있는 동안

  아이를 키운다는 것, 그것은 말이 잘 통하지 않는 작은 인간을 이해해보려고 애쓰는 일이며, 동시에 계산 없는 사랑을 퍼부어야 하는 일이다. 아무리 지쳐도 끝낼 수 없지만 누가 지금 당장 끝내준다 해도 거부할 일이고, 헌신이 필요하나 그렇다고 마냥 괴롭지만은 않은 일이다.

  아이의 사랑스러움은 육아에 얽힌 온갖 노동 사이사이에서 불현듯 튀어나온다. 기저귀를 갈다가 발견한 허벅지의 옅은 갈색 점, 걷지 않으려는 아이를 들어 올려 안을 때 훅 끼치는 달큰한 땀 냄새, 한 시간이 넘는 잠투정 끝에 겨우 꿈나라로 간 아이의 규칙적인 숨소리, 밥을 먹다가도 수시로 내 팔을 꼭 껴안는 단풍잎 같은 손. 육아에서 힘듦과 사랑스러움은 한 세트다. 힘든데 사랑스럽고 사랑스러운데 힘든 이 일에는 묘한 중독성이 있다. 왜 사람들이 첫째에서 그치지 않고 둘째를, 또 셋째를 가지는지 나는 아이를 키우면서 이해하게 됐다.

하루에도 몇 번씩 이 모든 것으로부터 최대한 멀리 달아나고 싶은 충동을 느끼지만, 며칠이라도 아이를 보지 않으면 내가 살 수 없을 것 같다. 무엇보다 육아는 나를 아주 조금은 이타적인 인간으로 만들어준다. 새벽 6시에 배려 없이 내 몸 위로 다이빙하며 나를 깨우는 존재에게 다정한 목소리로 아침 인사를 건네고, 매일 새로운 반찬을 만들어줘도 "안 먹어!" 하는 아이에게 입맛이 없냐고, 어디 아프냐고 걱정스럽게 물어보고, 내가 몸살로 앓아 누워도 아이의 의식주를 먼저 걱정해야 하니 이만한 인격 수양이 또 어디 있을까.

언제 이유식을 먹나, 언제 걸음마를 하나, 언제 말을 알아듣나, 언제 기저귀를 떼나, 언제 혼자 화장실에 가나. 영유아기 성장의 매 단계에서 느꼈던 이런 조바심들이 무색하게, 돌아보니 나의 아들 유하는 눈 깜짝할 사이에 일곱 살이 되었다. 얼마 전에는 함께 서점에 가서 책을 고르라고 했더니 '엉덩이 탐정(입이 엉덩이로 되어 있고 그곳으로 지독한 방귀를 뀌어 악당을 제압하는, 어른이 보기에는 기괴하기 이를 데 없지만 애들은 환장하는 만화 캐릭터)'의 아빠가 주인공인 만화 『전설의 모험왕 엉덩이 댄디 4』를 선택했다. 1, 2, 3권도 안 봤는데 4권부터 봐도 되나 싶어서 다른 책으로 유도해봤지만 들은 척도 안 하기에 결국 사 줬다. 그랬더니 밥 먹으러 간 식당에서부터 시작해 집에 와서까지 미간을 찌푸려가며 엄청나게 열심히 읽는 것이었다.

유하는 대여섯 살 때부터 글자를 알긴 했지만 책은 줄곧 나한테 읽어달라고 해왔다. 그랬던 아이가 두 시간이 넘도록 집중력을 발휘해 책 한 권을 다 읽는 모습에 이번에는 정반대의 초조함이 생겼다. 언제 이렇게 커버린 거야? 제발 천천히 크면 안 될까? 엄마는 너의 어린 시절을 조금 더 즐기고 싶은데.

언젠가는 애니메이션 〈루카〉를 같이 봤는데, 주인공 루카가 부모님을 떠나 기차를 타는 마지막 장면에서 유하가 갑자기 울음을 터트렸다. 자기는 엄마 아빠를 평생 안 떠날 거라며 서럽게 흐느꼈다. 하지만 한 15년쯤 지나면 그때는 제발 보내달라면서 울겠지⋯⋯. 이러다가 '해리 포터' 시리즈를 함께 볼 날도 곧 닥쳐올 것 같고, 마블의 히어로물과 '엑스맨' 시리즈를 섭렵할 날도 머지않은 듯하다. '왕좌의 게임' 같은 걸 볼 나이가 되면 더 이상은 엄마 아빠랑 영화를 같이 안 봐줄지도 모른다. 그러니 우리가 지금처럼 꼭 붙어 있는 동안, 이 기억이 아직 선명할 때, 고된 육아의 모래 더미 속에서 건져낸 사금 같은 순간을 기록해두고 싶었다.

나중에 성인이 된 유하가 이 책을 읽으면 뭐라고 할까? 설마 과거가 부끄럽다며 모조리 태워달라고 하는 건 아니겠지? 혹시 케이팝 아이돌이 되어 뜻밖의 100쇄를 찍을 수도 있지 않을까? (망상은 자유니까 반박은 안 받겠어요.) 자신의 과거가 활자로 남는다는 것이 유하에게 어떤 영향을 끼칠지 모르겠지만, 마음에 안 드는 구석이 있더라도 부디 책을 불태우는 것만은 참아주기를 바란다. 기왕이면 초보 엄마와 보낸 어린 시절을 즐겁게 추억해주면 좋겠다.

개인적인 육아 일기지만 그 안에 어떤 보편성이 묻어나기를 바라며 썼다. 아이가 있는 분이든 없는 분이든 재미있게 읽어주신다면 행복할 것 같다. 또한 마음산책 김수경 편집자님과 나한비 편집자님의 다정한 격려와 꼼꼼한 피드백이 없었다면 나는 이 일기들을 바깥으로 꺼내놓을 용기를 내지 못했을 것이다. 유하와 함께 머리 숙여 감사드린다. 세상의 모든 육아 동지에게 어제도, 오늘도 고생 많았다는 인사를 덧붙여두고 싶다.

2023년 여름

이지수

차례

이 작은 몸에 어쩌면 이렇게

큰 사랑이 들어 있을까.

나의 첫,

너의 첫

될 대로 되라고 생각했더니
임신이 되었다

내가 왜 임신을 하려고 했더라. 시작은 퇴사였다. 회사에 안 가니 시간이 참으로 많았다. 마침 나한테는 임신 계획이 있었고('인생에서 언젠가는'이라는 것도 계획이라 부를 수 있다면), 다낭성난소증후군 때문에 자연임신이 어려운 몸이었으니 이참에 난임 병원에 가보자 싶었다. 결혼 생활 6년 차, 그동안 난임 치료를 생각하지 않았던 것은 아니다. 그러나 회사와 난임 병원을 동시에 다니려면 많은 조건이 필요했고(예컨대 한 달에 두세 번씩 쓸 수 있는 연차, 그걸 쓸 때 눈치 주지 않는 팀 분위기, 또 그렇게 연차를 써도 소화 가능한 업무량 등), 임신이 그만큼 간절했던 것도 아니어서 차일피일 미뤄왔으나 자유의 몸이 되었으니 더는 지체할 이유가 없었다. '인생에서 언젠가'는 바로 지금이었다. 어느 토요일, 나는 남편과 함께 난임 치료로 유명한 집 근처 병원을 찾아갔다.

그런데 공교롭게도 그날 병원에는 의료사고 피해자인 듯한 사람들이 와서 무언가를 강하게 항의하고 있었다. 자세한 사정은 모르겠지만 다른 곳도 아닌 난임 치료 병원에서 저 정도로 심각한 분쟁이 일어났다면, 혹시 시험관시술 때 다른 사람 수정란을 잘못 넣었다거나……? (그럴 리가 없을 것 같지만 이런 의료사고가 미국에서 실제로 있었다.) 하염없이 길어지는 대기 시간 속에서 자꾸만 나쁜 것을 상상하는 머리를 감싸 쥐고 고민을 거듭한 끝에, 일단은 접수를 취소하고 병원에서 나왔다. 문득 전 직장 동기 모임에서 한 언니가 자기도 난임으로 오랫동안 고생했는데 마포의 R 병원에서 시험관시술에 성공했다고 말했던 게 떠올랐다. 그길로 남편과 나는 서둘러 마포로 갔다.

R 병원에 간 뒤로는 모든 것이 일사천리로 진행됐다. 마치 임신을 향한 컨베이어벨트에 올라탄 것처럼, 자연임신을 몇 차례 시도하다가 안 되면 인공수정을 몇 회 시도해보고, 그다음에는 시험관시술로 넘어가는 스케줄

이 이미 나와 있어서 나는 따르기만 하면 되었다. 그랬는데……. 내가 당시 살았던 경기도 남부의 A 시에서 마포의 R 병원까지는 지하철을 두 번 갈아타며 한 시간 넘게 가야 했다. 한 달에 몇 번이나 그 긴 거리를 오가며 영겁처럼 느껴지는 대기 시간을 견딘 후, 고문 기구처럼 생긴 산부인과용 진료 의자에 앉아서 초음파 진료를 보고, 호르몬주사를 맞고, 이달에는 꼭 이 날짜에 '숙제(번식 행위)'를 하라는 통보를 받고, 숙제를 마치면 혈액검사를 하러 또다시 가고, 이번 역시 임신이 안 되었음을 통보받는 과정은 그 자체로 몸과 마음을 너덜너덜하게 만들었다. 나는 자연임신 시도를 1년 넘게 했으니 그 과정을 열 번쯤 반복했을 것이다.

언젠가는 집으로 돌아오는 전철 안에서 나도 모르게 눈물이 왈칵 쏟아졌다. 난임 병원에서 집에 가는 길에 오열하는 여자라니, 누가 보면 임신에 대한 열망이 대단한 듯 보였겠지만 그때 내가 느낀 감정은 그보다 복잡했다. 시간과 돈과 체력을 길바닥에 버려가며 했던 시도가 번번이 실패로 끝난 것에 대한 좌절감, 나는 왜 안 될까 하는 자괴감, 누가 시킨 것도 아닌데 이 고된 컨베이어벨트에 스스로 올라탄 것에 대한 후회, 아무리 그래도 애를 만들자는 결정은 남편과 같이했는데 왜 고생은 나만의 몫인가 하는 억울함……. 컨베이어벨트 위에서 더 버틸 자신이 없어지려고 했다. 그렇다고 이제 와서 내려올 자신도 없었다. 그게 어떤 결말이든 간에, 이 모든 과정에는 끝이 있다고 확신할 수 있었다면 버티기가 좀 더 쉬웠을지도 모른다. 하지만 그런 확신을 줄 수 있는 사람은 아무도 없었다. 대체 언제까지 이걸 계속해야 충분히 노력해봤다고 말할 수 있을지, 앞으로의 인생에서 후회가 없을지 아무리 생각해봐도 답이 나오지 않았다.

그런 나의 혼란한 마음이 전해졌는지 다음번 진료에서 담당 의사가 인공수정을 권했다. 자연임신 시도는 할 만큼 했으니 다음 단계로 넘어가자는 것이었다. 첫 번째 인공수정 시술 날, 나는 어느 작고 서늘한 방으로 끌려가 미리 뽑아둔 남편의 정자를 몸에 넣는 시술을 했다(실내 온도가 낮아야 성공률이 높아지는 모양이다). 만약 이 시술에 성공하면 '봄(성질 급하게도 미리 지어놓은 태명)'이 생성된 분초까지 정확히 알게 되는 셈이라고 생각하니 기분이 묘했다. 그날은 인공수정에 좋다고 알려진(놀랍게도 세상에는 이런 카테고리로 묶이는 음식들이 있다) 도가니탕을 먹은 뒤 집에 와서 푹 쉬었다. 2주쯤 뒤에 한 혈액검사 결과는 역시나 비임신. 지난번에 전철에서 웬만큼 울어둔 덕분인지 타격은 별로 없었다.

두 번째 시도는 훨씬 더 가벼운 마음으로 임했다. 휴가를 낸 남편과 함께 일찌감치 병원에 가서 할 일을 해치우고 해방촌에 놀러 갔다. 우리는 동네 구경을 조금 한 뒤에 어느 외국인이 운영하는 가게에 들어가 분명 인공수정에는 해롭겠지만 정신 건강에는 좋은 햄버거와 감자튀김을 먹었다. 남편이 내 눈치를 보면서 맥주를 먹고 싶은데 (자기 혼자) 먹어도 되겠냐기에, 당장 시키라고 해서 몇 모금 빼앗아 마시기까지 했다.

그로부터 2주 뒤, 집에서 일하던 중 병원에서 문자가 왔다. '오늘 하신 혈액검사 결과 B-HCG 수치가 2164로 나왔습니다.' 잠시 상황 파악이 안 되었다. B-HCG는 임신하면 태반에서 생성되는 호르몬이고 2164는 임신 안정권으로 보는 수치였다. 병원에 전화를 걸었더니 간호사가 축하한다고 했다. 자세한 건 며칠 뒤 내원해서 확인하라는 말을 듣고 전화를 끊었다. 놀랍게도 그 될 대로 되라 식의 2차 시도에서 임신이 된 것이다. 도가니탕이 다 뭐냐. 여러분, 이제부터 인공수정에 좋은 음식은 햄버와 맥주입니다.

심장이 미친 듯이 뛰어서 일이 손에 잡히지 않았다. 서랍을 뒤져 편지지를 꺼내서 드디어 봄이 우리한테 왔다고 남편에게 편지를 썼다. 남편이 편지를 읽으며 놀라는 모습을 동영상으로 찍어뒀다가 나중에 봄에게 보여주려는 생각이었다. 택시를 잡아타고 남편의 회사로 갔다. 회사 카페테리아에서 남편에게 편지를 건네며 표정을 살폈는데 반응이 영 시원치 않았다. '흥분!' '환희!'까지는 아니더라도 '놀람!'은 있을 줄 알았는데, 남편의 입에서 나온 첫 마디는 "으응, 그렇구나"였다. 거짓말 안 보태고 아까 통화했던 R 병원 간호사가 남편보다 임신을 더 기뻐해준 것 같았다. 일단 남편이 퇴근하기를 기다렸다가 함께 저녁을 먹으러 갔는데, 식당에서도 별다른 말이 없고 머릿속이 복잡해 보였다.

집으로 가는 길, 차 안에서 남편이 말했다. 봄이 태어나면 아무래도 집은 우리 회사에서 최대한 가까운 게 좋겠지? 내가 퇴근을 빨리 해야 하니까 말이야. 그럼 S 시로 이사를 가야 해. 우리한테는 지금 사는 집의 전세금을 포함해서 모아둔 돈이 얼마 있으니까 S 시에서 살려면 얼마가 더 필요하고, 봄한테 들어갈 돈도 있으니 앞으로는 저금을 더 열심히 해야 하고…….

　아, 나의 남편은 원래 이런 타입이었지. 대책 없이 저지르고 보는 나와는 반대로 처음부터 모든 계획을 꼼꼼하게 세워놓는 타입. 언제나 최악의 경우를 대비해 여러 개의 안전망을 사전에 만들어두는 타입. 남편은 내가 회사로 가겠다고 연락한 순간 대략 눈치챘다고 했다. 그래서 내 편지를 읽을 때부터 우리 인생의 금전 계획을 다시 짜느라 뇌를 풀가동하고 있었던 것이다. 임신이 기쁘지 않아서 얼굴이 굳어 있었던 게 아니다.

　아직은 실감이 전혀 안 나는 와중에도, 내 배 속 어딘가에 눈에 보이지도 않는 크기로 존재하는 봄이 남편의 그런 계획적인 면을 닮으면 좋겠다고 생각했다. 빨래가 많이 나올 테니 건조기를 사자고 했다고 곧바로 표정이 썩어버린 건 지금 생각해도 좀 너무하지 않았나 싶지만.

봄과 함께한 여행

마침내 임신에 성공한 것은 당연히 기뻤지만 한 가지 문제가 있었다. 몇 달 전부터 계획했던 친구들과의 일본 여행이 며칠 뒤로 다가와 있던 것이다. 담당 의사에게 말했더니 의외로 시원시원하게 허락했다. "이제 와 어쩌겠어요? 가야죠, 뭐. 너무 무리만 안 하면 돼요." 어렵게 한 임신이니 반대할 것을 예상했는데, 막상 가라고 하니까 오히려 혼란했다. 마음 같아서는 '너무 무리'의 기준이 뭔지 정확히 정해달라고 하고 싶었다. 이를테면 5킬로그램이 넘는 짐은 들지 말라거나, 하루에 3킬로미터 이상은 걷지 말라거나. 이번 생에 임신은 처음이라 하나부터 열까지 아는 게 없었다.

그래도 지금이 아니면 출산 후 5년쯤은 친구들과 여행을 못 갈 것 같아서 눈 딱 감고 떠나기로 결심했다. 구달과 내가 먼저 출발해 오사카에서 며칠 놀다가, 후발대로 오는 윤정과 여진을 교토에서 만나는 일정이었다. 여행 첫날, 저녁밥을 먹고 숙소로 돌아가는 길에 작고 예쁜 카페를 발견했다. 들어가서 구달과 나란히 카운터석에 앉아 주문을 하려고 봤더니 메뉴판에 커피밖에 없었다. 초보 임산부는 동공이 흔들렸다.

　"혹시 커피 말고 다른 것도 있을까요? 제가 임신을 해서요."

　엄마한테도 아직 안 한 임신 고백을 초면의 오사카 카페 사장님한테 먼저 하고 말았다. 사장님은 다행히 오렌지주스가 있다며 냉장고에서 꺼내 왔다. 즉석에서 결정한 가격은 500엔. 이 '메뉴에 없는 오렌지주스'는 내가 임산부라는 이유로 낯선 사람에게서 받은 최초의 배려였다. 그 순간을 오랫동안 기억하고 싶었다.

　매끈한 유리잔에 오렌지주스를 따라주며 사장님은 자신에게도 어린 자식이 있다고 말했다. 나에게 임신한 지 얼마나 됐는지, 결혼은 언제 했는지 등등을 묻기도 했다. 내가 결혼 6년 차고, 아이를 갖기 위해 아주 노력했다고 말하자 내 왼쪽에 앉아 있던 다른 손님이 "응? 노력?" 하면서 크하하하 웃었다. 아니, 그 노력 말고요. 난임 병원을 열심히 다녔다고요……. 뜻하지 않은 19금 농담이 오사카인의 취향을 저격했는지 그는 자신의 디저트를 한 번 먹어보라며 우리에게 권하기까지 했다. 카페에 마지막으로 남은 시그니처 메뉴였다.

교토에서 윤정과 여진이 합류한 날, 친구들은 동네를 둘러보러 나가고 나 혼자 숙소에 남아 다다미방에 이불을 깔고 누웠다. 사실은 하나도 피곤하지 않았는데 '너무 무리'하지 않기 위해 쉬기로 한 것이다. 숙소가 적막해서 기분이 조금 가라앉았다. 친구들과 나의 생활이 앞으로 많이 달라질 듯한 예감이 들었다. 저녁을 먹으러 간 오코노미야키집에서 높이가 약 1미터에 달하는 유리병에 담겨 나오는 굉장한 술(이름부터 '타워tower 사와'였다)을 시켰는데 나만 못 마셨을 때도 꽤 슬펐다. 앞으로 이런 일이 얼마나 자주 생기려나. 나는 이 소외감에 익숙해질 수 있으려나. 그러나 봄으로 인해 재구성될 나의 세계는, 그런 소외감까지 포함해 내가 여태까지 본 적 없는 풍경들로 채워지겠지.

여행 내내 친구들은 내가 빵 봉지 하나만 들고 있어도 무거운 거 들지 말라며 휙 낚아챘다. 조금만 많이 걸으면 숙소에 먼저 가서 쉬라며 등을 떠밀었다. 커피숍이나 식당에서는 가장 푹신푹신한 자리를 권했다. "봄은 지금 뭐 하고 있대?" "응, 세포를 열심히 분열시키고 있대" 하는 식의 대화를 뜬금없이 나누는 것도 그 여행의 소소한 즐거움이었다. 친구들의 배려를 기쁘게 받으며, 되도록 적게 걷고 택시도 타가며 여행을 무사히 마무리했다.

여행 막바지에 들른 기념품 가게에서는 왠지 육아에 필요할 것 같아서 타월 재질의 손수건을 두 장 샀는데, 전혀 필요치 않은 아이템이었음을 출산하고 나서야 깨달았다. 아기들한테 쓰는 건 훨씬 더 부드러운 재질의 거즈 손수건이었던 것이다.

그 타월 손수건은 내가 외출할 때 들고 다니며 잘 쓰고 있다. 건조기(결국 샀다!)에 여러 번 돌려서 이미 가장자리가 쪼글쪼글해졌지만, 그걸 볼 때마다 교토에서 건네받은 마음들이 생각나 도무지 버릴 수가 없다.

원고지 13매 분량의 고통

"자분(자연분만)하셨어요? 아님 제왕절개?"

이것은 어린 자식을 가진 초면의 여성들 사이에 어색한 정적이 흐를 때 스몰 토크의 물꼬를 터주는 기적의 질문이다. 얼마 전 어느 편집자님을 만난 자리에서 이 질문을 출산 후 대략 오십 번째로 받았다. 여기서 자분했다고 대답하면 무통(주사) 맞았냐, 무통발 잘 들었냐는 추가 질문이 이어질 것이고 제왕절개했다고 대답하면 "며칠 동안 훗배앓이가 장난 아니라던데요?" "고통을 일시불로 받느냐 할부로 받느냐의 차이죠"라는 대화가 오갈 것이다. 그러나 나는 이 뻔한 패턴의 대화가 지겹지 않다. 우리가 비슷한 고통을 느꼈다는 공감대가 순식간에 형성되기 때문이다.

애 엄마들은 대체로 누가 멍석이라도 깔아주지 않는 한 출산의 고통에 대해 자세히 이야기하지 않는 것 같다. 산통은 세상의 모든 언어를 다 끌어다 써도 표현하기 힘든 고통이지만, 그렇다고 구구절절 늘어놓기에는 인류의 상당수가 겪는 흔한 일이다. 그래서 얼마나 아팠는지 설명할 의욕이 좀처럼 생기지 않는 게 아닐까 싶다. 흔히들 말하는 '콧구멍으로 수박 빼는 느낌'이라는 표현은 산통의 디테일을 뭉뚱그려 블러 처리한 것에 불과하다. 스스로 멍석을 깔았다 치고 묘사해보자면, 나의 산통은 자궁 속에 갇힌 괴수가 자궁을 찢으려고 뿔 달린 머리로 들이받으며 발작하는 동시에 거인이 내 골반뼈를 망치로 때려 부수는 느낌이었다. 하지만 이것도 결코 충분한 설명이 되지는 않는다⋯⋯.

반면 육아 동지들은 긴말하지 않아도, 이를테면 "무통이 안 들었어요"라는 한마디로 그게 무슨 뜻인지 대번에 알아준다. 손도 잡아주고 눈물을 글썽이기도 한다. 이러니 그들과의 출산 토크는 늘 대공감의 장이 될 수밖에 없다.

"저는요, 애 낳자마자 휴대폰 메모장에 '둘째 낳으면

내가 사람이 아님'이라고 썼어요."

내가 이렇게 말하자 편집자님이 눈을 동그랗게 뜨며 "저도 그랬어요! 메모장에 다 써놨죠"라고 했다. 갓 출산하고 휠체어로 입원실에 실려 가는 도중에 둘째는 절대 없다고 황급히 기록해두는 산모가 나 말고 또 있었을 줄이야. 혹시 이런 것도 출판인들만의 특징인가? 그런데 집으로 돌아오는 길에 휴대폰을 확인해보니, 그 짧은 메모는 간데없고 출산 이틀 뒤에 쓴 글만 남아 있었다. 그것도 무려 원고지 약 13매 분량으로 기록된 긴 글이……. 그 기록을 그대로 옮겨보겠다.

일요일 아침에 봄이 태어났다. 예정일을 꽉 채우고 사흘 후에 나온 것이었다.

은근히 빨리 나오지 않을까 기대했던 터라 40주가 넘고부터는 슬슬 불안했다. 많이 움직이는 게 좋다고 들어서 외출할 때는 엘리베이터 말고 계단을 이용하고, 남편의 퇴근 시간에 맞춰 회사 앞까지 걸어갔다가 동네를 산책하고 돌아오고, 마룻바닥을 걸레질하고, 짐볼을 타고, 스트레칭도 매일 했지만 봄은 내 배 속이 편한지 발로 배를 빵빵 차면서도 바깥세상으로 나올 기미를 보이지 않았다.

지난주 금요일에는 도저히 안 되겠다 싶어서 오전에 동네 백화점에 가서 저녁까지 전 층을 돌아다녔다. 그 김에 기저귀 가방도 사고 내 옷도 하나 샀다. 그리고 집에 왔더니 토요일 새벽 4시부터 드디어 진통이 시작되었다. 진통 앱으로 재어보자 거의 5분 주기. 진진통이라기엔 강도가 약해서 아침 9시까지 남편을 깨우지 않고 기다리다가 11시쯤 되어 미리 싸둔 출산 가방을 들고 병원에 갔다.

의사가 내진을 했는데 아직 자궁문이 1센티미터도 열리지 않았으니 다시 집에 가라고 했다. 병원 근처에서 밥을 먹고 돌아와 또 하염없이 짐볼을 탔다. 저녁땐 보쌈을 시켜 먹고 동네를 산책했다. 일요일 새벽 1시부터 앱으로 다시 시간을 재었는데 간격이 5분, 8분, 3분, 하는 식으로 몹시 불규칙했다. 병원에 전화해서 물어보자 불규칙한 건 다 가진통이라며 규칙적으로 변할 때까지 기다리라고 했다. 새벽 3시가 넘자 참기 힘들 정도의 진통이 1, 2분 간격으로 찾아왔다. 규칙적이지는 않았지만 이게 가진통이든 뭐든 간에 조금만 더 참았다간 기어서 출신하러 가겠다는 생각이 들어서 병원으로 향했다. 전날 아침에 나를 그냥 돌려보낸 의사가 마침 당직을 서고 있어서 내진을 받았다. 자궁문이 3센티미터 열렸으니 입원하자고, 잘했다(?)고 칭찬해줬다. 이때가 새벽 5시였다.

아침 8시까지는 가족실에서 남편이랑 이야기를 나누며 짐볼을 탔다. 이틀 동안 잠을 못 자서 1분 간격으로 진통하는 틈틈이 꿈까지 꾸면서 졸았다. 그런데 8시가 지나자 고통이 너무 커졌다. 내 입에서 나도 생전 처음 듣는 괴상한 신음 소리가 터져 나왔다. 보다 못한 남편이 간호사를 불러 아직 무통 주사를 못 맞는 거냐고 물었다. 내진했더니 자궁문은 아직 3센티미터. 하지만 태동 검사기에는 1분 간격으로 내 고통의 수치가 그 기계의 최대치인 99로 찍히고 있었다. 그 와중에 간호사는 진통이 오면 온몸에 힘을 빼고 연체동물처럼 고통을 받아들여야 하는데 내가 힘을 있는 대로 준다며 된통 혼을 냈다. 이때부터 나는 해파리다, 나는 해파리다, 연상하며 고통을 받아들이려고 애썼다.

9시에 드디어 무통 주사를 맞기로 했다. 등을 깐 채 해파리, 해파리, 되뇌며 마취과 의사가 오기를 기다렸다. 1분, 1초가 지옥의 고통이었다. 의사는 세상 느긋하게 간호사와 잡담을 나누며 내 척추에 뭘 꽂아 넣으려다가 잘 안 되는지 나의 뼈들이 너무 딱 붙어 있다며, 뭐가 안 들어간다고 중얼거렸다. 최근에 무통 주사를 맞은 후 하반신이 마비된 임산부의 이야기를 들었던 터라 너무 공포스러웠지만, 내가 할 수 있는 일은 한 마리의 해파리가 되어 기다리는 것밖에 없었다. 다행히 주사가 잘 들어갔고 10분쯤 지나자 무통발이 들기 시작했다. 99였던 통증 수치가 45까지 떨어졌다. 무통 주사를 맞고 출산했다고 하면 잘 모르는 사람들이 흔히 하는 얘기 중 하나가 "그럼 안 아팠어?"인데, 여기서 꼭 말해두고 싶다. 고통이 99에서 45로 줄었다 해도 안 아픈 게 아니다. 손가락이 다섯 개 으깨지다가 세 개 으깨진다고 해서 괜찮은 게 아닌 것과 마찬가지다.

무통 주사와 함께 촉진제를 맞은 나는 무통 축복 속에서 출산하겠다는 집념으로 다시 짐볼을 하염없이 탔다. 잠시 후 내진을 했더니 자궁문이 7센티미터 열려 있었다. 그때까지 양수가 터지지 않아서 간호사가 손을 집어넣어 양수를 터트렸고, 그와 동시에 무통 천국은 끝났다. 벼락같은 고통이 나를 덮쳤다. 그때까지는 허리와 배가 끊어지고 찢어질 듯이 아팠는데, 양수가 터진 뒤에는 누가 쇠망치로 치골을 사정없이 가격하는 것처럼 아팠다. 이때가 11시쯤이었을 것이다.

간호사가 이번에는 힘주는 방법을 알려주겠다고 했다. 진통이 올 때 두 다리를 들고, 그 다리를 내 손으로 잡고, 상체를 일으키면서 배꼽을 바라보고, 소리 지르지 말고 숨을 참으며 있는 대로 힘을 주라고 했다. 네……? 뭐라고요? 선생님, 저는 지금 해파리라고요. 그보다 그 자세는 건강인도 코어근육이 없으면 취하기 힘든 자세 아니냐고요……. 이 해파리는 첫 번째 관문인 다리 들기조차 제대로 해내지 못했다. 입에서는 또 짐승 같은 비명이 터져 나왔다. 급기야 간호사는 한숨을 푹 내쉬더니 "오전 중엔 못 낳겠네!" 하며 방을 나가버렸다. 아까 그 간호사와 교대를 했는지 이번에는 다른 간호사가 들어왔다. 나는 보란 듯이 오전 중에 낳고야 말겠다는 각오로, 죽을힘을 다해 숨을 참고 입을 꾹 다물고 힘을 줬다. 내 배 중간쯤에 있던 봄이 꿀렁거리면서 아래로 내려가는 게 보였다. 드디어 봄의 머리가 내 몸 밖으로 3센티미터쯤 나와서 휠체어를 타고 분만실에 들어갔다.

휠체어에서 내려 분만 침대로 올라가는 건 자력으로 해야 했는데, 이때도 애가 계속 나오려고 해

애가 계속 나오려고 해……?!

글은 여기서 끊겨 있었다. 6년 전의 기억을 더듬어보면 그때 나는 손목 보호대를 차고 분노(?)의 타이핑을 하던 중 모자동실 시간이 되어 봄을 데리러 갔거나, 콜이 와서 머리를 감으러 갔거나(그 병원에는 미용실 의자에 산모를 앉혀 머리를 감겨주는 서비스가 있었다), 산모 교육을 빙자한 기업(주로 분유나 기저귀 회사)의 판촉 행사에 갔을 것이다. 그리고 나서는 이 글을 홀랑 까먹었겠지.

6년 전 마침표를 찍지 못한 문장을 이어서 써본다. 애가 계속 나오려고 해서 정말이지 사력을 다해 침대로 기어 올라갔다. 지금부터는 마음껏 비명을 질러도 된다기에 으아아악, 아아아악, 소리를 지르며 있는 대로 힘을 줬더니 그 기나긴 고통의 시간이 무색하게 단번에 봄이 나왔다. 양수에 퉁퉁 부은 빨간 얼굴, 꼭 쥔 두 주먹, 열 달 내내 나와 가장 가까이 있었으면서 얼굴 한번 못 봤던 나의 아기. 너는 이렇게 생겼구나. 드디어 우리가 만났네.

봄도 세상에 나오는 게 많이 힘들었는지 잔뜩 찌푸린 얼굴로 크게 울었다. 탯줄을 자르러 들어온 남편이 "쌍꺼풀 있어! 내가 봤어!"라고 외치는 소리가 들렸다. 간호사가 기계적인 손길로 봄을 씻기고 포대기로 감싼 뒤 남편에게 사진을 찍으라고 했다. 그런 다음 남편은 분만실 밖으로 쫓겨났고, 그새 울음을 그친 봄은 '산모와 신생아의 스킨십'이라는, 병원의 홈페이지에서 광고하는 요식 행위를 하기 위해 내 가슴 위에 5초쯤 얹혀 있다가 신생아실로 갔다. 나는 드디어 엄마가 됐다.

산후조리원

산후조리원. 흔히 그곳에 가면 출산으로 지친 산모가 편히 쉴 수 있으리라 생각한다. 푹신한 호텔식 침구, 커다란 텔레비전, 청결한 개인 화장실, 끼니마다 방으로 배달되는 양질의 식사……. 나도 출산 전에는 거의 호캉스를 기대하는 것과 같은 마음으로 산후조리원을 기대하고 있었다.

아니었다. 그곳은 오로지 산모의 젖을 짜기 위해 존재하는 공간이었다. 유축(기계로 모유를 빼서 저장해두는 것)과 수유의 미친 사이클 속에서 산모가 편하게 쉴 수 있는 시간은 한없이 0에 수렴했다. 새벽에 일어나 시큰거리는 손목으로 겨우 유축을 끝내놓고 한두 시간 눈을 붙이면 어김없이 수유 콜이 울린다. 수유를 하고 와서 또 조금 누워 있다 보면 다시 유축 시간이 된다. 아침밥을 먹고 또 수유하러 가고, 다시 유축 때가 돌아오고, 그러면 다시 밥을 먹고, 수유하고, 유축을 하고……(무한 반복). 게다가 수유 공간에서 나의 아기가 시원스레 젖을 못 빨 때나 다른 엄마들이 한 병 가득 유축을 해둔 젖병 옆에 절반도 차지 않은 내 젖병을 놓아둘 때면 괜히 위축되기까지 했다. 내가 이 구역의 젖 생산량 꼴찌라니! 그 와중에 통곡 마사지*는 또 얼마나 끔찍하던지. 유선이 막혀 돌덩이같이 딱딱하고 뜨거웠던 가슴도 이 마사지 한 번에 말랑해졌지만, 그 고통은 차라리 애를 한 번 더 낳고 말지 싶은 정도였다.

남들은 산후조리원이 천국이라던데 나는 그곳에서 내 몸의 주인이 더 이상 내가 아니며, 이제 아기를 최우선으로 두고 기능하고 있음을 확인했을 뿐이다. 아이를 낳으면 가슴이 세 시간 간격으로 딱딱하게 부어오른다. 그러면 유축이든 수유든 해서 젖을 빼줘야 한다. 안 그러면

---

* '오케타니桶谷'라는 일본의 조산사가 개발한 가슴 마사지로, '오케타니'를 한자음으로 읽으면 '통곡'이다. 통곡하면서 받는 마사지라서 통곡 마사지인 줄 알았는데!

젖이 밖으로 줄줄 새고, 또다시 참기 힘든 고통이 찾아온다. 요컨대 모유 수유를 하는 산모는 활동에 엄청난 제약을 받는 것이다.

모유 수유 기간에 직장에 복귀했는데 회사에 수유실이 없으면 화장실 변기에 앉아서 유축을 하는 경우도 많다고 들었다. 집에서 일하는 프리랜서인 나는 회사에서 유축을 할 필요가 없었지만, 누구나 벌컥벌컥 문을 열고 들어왔던 전 직장의 남녀 공용 휴게 공간과 그런 공간마저 없었던 전전 직장의 비좁고 불결한 화장실을 떠올려보니 점점 열이 오른다. 물론 두 회사 다 수유실은 따로 없었다. 모유 수유를 장려하려거든 모든 회사와 공공장소에 청결한 수유실부터 마련해야 한다. 유축을 하러 갈 때 눈치 보지 않는 분위기도 만들어주고 말이다(그나저나 방금 '회사 수유실'로 검색해보니 모 회사의 시설 관리 직원이 수유실에 카메라를 설치해 일주일간 불법 촬영했다는 기사가 나왔다. 이런 세상에서 어떻게 애를 많이 낳으라는 소리를 할 수 있는 건지).

하루는 남편이 조리원 퇴소 전에 미리 집을 청소해두려고 하다가 사고가 났다. 반려묘 노바가 세척을 위해 물을 끓여둔 유리 분유포트에 갑자기 달려들었고, 그것을 저지하려고 팔을 휘젓다 어깨가 빠져버린 것이다. 유축을 하던 중 남편의 전화를 받은 나는 휴대폰 너머로 들려오는, 지옥불 속에서 울부짖는 듯한 괴성을 듣고 기겁했다. 얼른 119에 전화해 구급차를 집으로 보내고, 남편이 이송될 병원에 가보려고 급하게 옷을 입다가 허리를 심하게 삐고 말았다. 아픈 허리를 부여잡고 절뚝거리는 걸음으로 겨우 택시를 잡아타서 갔더니 습관성 탈구인인 남편은 이미 스스로 어깨를 끼워서 멀쩡해져 있었다……. 천만다행으로 노바도 뜨거운 물과 깨진 유리 사이에서 전혀 다치지 않았다고 한다. 남편이 엑스레이를 찍고 나니 또다시 유축을 할 시간이 되어서 허망하게 조리원으로 돌아갔다. 그리고 그날 이후 몇 년이 지난 지금까지도 나는 툭하면 허리를 삐고 있다.

이렇듯 신체적 고통이 함께했던 조리원 생활이었지만, 힘들기만 했던 것은 아니다. 포대기에 싸인 봄이 내 방으로 오는 시간이 있었으니까. 갓난아기를 곁에 두는 건 신기한 체험이었다. 따끈한 찰흙으로 갓 빚어낸 듯한 작고 연약한 몸 옆에 누워 있으면 숨이 저절로 조심스레 쉬어졌다. 그저 먹고 자고 싸기만 하는 3킬로그램짜리 꼬물이가 어찌나 예쁜지, 눈은 또 왜 그리 맑은지, 나는 몇 시간이든 질리지 않고 그 작은 생명체를 관찰할 자신이 있었다. 물론 그 시간에 유축을 안 해도 된다면 말이지만⋯⋯.

이름을 태명 그대로 '봄'이라고 할까 진지하게 고민하다가 '은하수[河]에서 노는[遊] 아이'가 되라고 '유하遊河'로 정했다. 당시에는 천체물리학자가 되었으면 하는 다소 낭만적인 소망을 담아 작명했지만, 밴드맨을 덕질하는 지금은 음악가가 되기를 은밀히 바라고 있다. 엄마의 바람도 이렇게 자주 변하는데, 유하 자신의 꿈도 자라면서 수백 번은 바뀌겠지? 그런 모습을 곁에서 지켜보는 것도 기대되는 일 중 하나다.

긴 밤

유하가 태어난 지 일주일째 되던 날, 조리원의 담당 선생님이 아이가 잘 때 머리를 오른쪽으로만 돌리고 있는 것을 발견했다. 만져보니 왼쪽 목에 딱딱한 멍울이 있어서 그쪽으로 고개 돌리는 것을 힘겨워하는 듯했다. 신생아 사경斜頸*인 것 같다는 말을 듣고 급히 대학병원에 예약을 넣었다. 유하를 포대기로 감싸 산후조리원을 나선 순간 느꼈던 두려움이 아직 생생하다. 무더운 날씨도, 도로에 가득한 자동차와 딱딱한 시멘트 바닥도, 모든 게 평소와 달리 너무나 위협적으로 다가왔다. 산부인과에서

---

* 목빗근이 두꺼워지거나 짧아져 머리가 한쪽으로 기우는 질환.

조리원으로 이동한 것을 제외하면 그날이 내가 보호자로서 유하를 데리고 바깥세상에 나간 첫날이라서 그랬을 것이다. 아무것도 모르는 초보 엄마를 위해 조리원 선생님들이 더운물이 든 보온병과 분유 가루를 담은 젖병, 기저귀와 물티슈 등 필요한 물품 일체를 에코백에 담아주신 것이 큰 응원이 되었다.

의사는 유하를 살펴보고 거의 10초 만에 사경이라고 진단했다. 재활 운동을 해야 하며, 보통 6개월 정도 대기해야 하지만 상태가 심각하니 앞 번호로 예약을 당겨 넣어주겠다고 했다. 사경은 방치하면 얼굴이 비대칭이 되거나 발달이 지연될 수 있어서 조기 치료가 중요하다. 또 아기가 낯을 가리기 시작하면 치료실에 들어가지 않으려고 울기 때문에, 가능한 한 아무것도 모르는 신생아 때부터 치료를 시작하는 게 좋다. 우리는 다행히 조리원을 퇴소하고 며칠 뒤에 치료실 자리가 났다는 연락을 받았다. 유하가 다닐 재활의학센터가 집에서 차로 10분 거리에 있었던 것도 운이 좋았다.

유하는 일주일에 세 번씩 센터에 가서 오른쪽에 비해 짧은 왼쪽 목근육을 늘리는 스트레칭을 하고 전기치료를 받았다. 집에서도 꾸준히 스트레칭을 해줘야 해서 남편과 함께 틈틈이 유하의 목을 이리저리 돌리고 당겼다. 그때마다 유하는 팔다리를 버둥거리며 격렬하게 울었지만 보호자가 성실하고 독할수록 아이가 앞으로 할 고생의 총량이 줄어든다고 생각했다.

혹시라도 바닥에 떨어트리면 즉사할 것 같은 꼬물이 유하를 슬링*에 넣어서 메고, 분유며 보온병이며 기저귀며 가제 수건 등등이 든 묵직한 가방을 들고, (당시 장롱면허 보유자였기 때문에) 부들부들 떨면서 운전해 센터에 다녀오면 그걸로 하루치의 기력을 다 소진한 느낌이 들었다. 그래도 상태가 나아지는 것이 눈에 보였다면 보람찼을 텐데, 유하의 멍울은 센터에서 전문가가 스트레칭을 해줬을 때나 잠시 부드러워질 뿐 몇 시간이 지나면 다시 제자리로 돌아가는 것처럼 보였다.

언젠가 밤에 애를 재우고 옆에 누웠는데 그날따라 마음이 암울했다. 이 모든 게 헛고생이 아닐까, 혹시 병원 선택을 잘못한 게 아닐까, 센터를 두세 군데씩 다니는 아이들도 있다는데 내가 태만한 게 아닐까, 그런 심란한 기

* 신축성 있는 천으로 만든 아기 띠. 애를 몸에 딱 붙여 멜 수 있어서, 일반적인 아기 띠가 너무 큰 신생아 시기에 많이 쓴다.

분으로 검색을 하다가 사경으로 수술까지 했다는 글을 여러 개 발견했다. 심장이 바닥으로 쿵 떨어졌다. 이 강력한 예감은 틀림없어. 유하같이 상태가 심한 경우라면 분명 수술을 해야 할 거야. 이 작은 몸에 칼을 대야 하다니. 거기까지 생각이 미치자 눈물이 줄줄 흘렀다. 화면을 아래로 내렸더니 '사흘 만에 사경 완치!'라고 적혀 있는 글이 나왔다. 작성자의 아이가 고개가 좀 기울어진 것 같아서 인터넷에서 본 방법으로 스트레칭을 시켜줬더니 '사흘 만에 사경이 완치'됐다는 내용이었다.

그때 내 안에서 어떤 생경하고도 격렬한 감정이 생겨났다. 그것은 얼굴도 모르는 사람을 향한, 당황스러울 정도로 선명한 미움이었다. 나는 이 질환에 대해 아무것도 모르면서 그런 글을 쓸 수 있는 그 사람의 해맑음이 미웠다. 당신 아이는 사경이 아니잖아. 진짜 사경이면 사흘 만에 나을 리 없잖아. 왜 잘 알지도 못하면서 누구나 볼 수 있는 곳에 그런 글을 쓰는 거야?

그러면서 어떤 부끄러움도 함께 찾아왔다. 어쨌거나 사경에는 완치라는 게 있다. 세상에 낫지 않는 병, 사경보다 무거운 병이 얼마나 많은데, 지금 이 밤톨만 한 고통에 갇혀 마치 대단한 수난이라도 겪고 있는 양 좌절하는 게 내가 너무나 작은 인간이라는 방증 같았다. 동시에 내 아이가 앓고 있는 작다면 작은 질환에 우리가 겪어보지 않은 더 큰 병을 견주며 위안을 얻으려는 이 사고의 흐름이 어딘가 뻔뻔하다는 생각도 들었다. 그러니까 좋은 것이든 나쁜 것이든 남의 상황과 비교하지 말고 내 눈앞의 현실에만 집중하자. 진짜 유하를 위한다면 이렇게 울고 있을 시간에 스트레칭이나 한 번 더 시켜주는 게 낫잖아? 마음을 진정시키며 여기까지 생각하는 데 몇 시간이 더 걸렸다. 유독 긴 밤이었다(지금 생각해보니 나랑 관계도 없는 사람을 잠시나마 그렇게 미워했다는 것도 좀 부끄럽다. 잘 모르고 썼구나, 여하튼 아이가 나았다니 다행이네, 하고 넘어갔으면 되었을 것을……).

유하는 그날 밤의 강력한 예감이 무색하게도 수술 없이 반년 만에 완치 판정을 받았다. 통원 치료를 시작할 때는 센터에서 가장 어린, 목도 제대로 못 가누는 핏덩이였는데 막판에는 의자에 의젓하게 앉아 전기치료를 받으며 스스로 쌀과자를 집어 먹을 정도로 성장해 있었다. 두껍고 딱딱했던 멍울도 목을 가누기 시작하며 빠른 속도로 사라졌다. 완치까지 1년 정도 걸릴 거라고 예상했던 터라, 이제 센터에 안 나와도 된다는 말을 들었을 때는 솔직히 의심스러운 마음이 커서 기쁨도 못 느꼈다. 언제든 다시 치료받으러 나오라고 할 수도 있다고 생각하며 하루하루를 보냈지만 몇 달 뒤에 받은 재검도 무사히 통과했다. 나는 운전이 많이 늘었고 유하는 주 3회의 외출 덕분인지 비교적 낯을 덜 가리는 아이로 자랐다. 우리가 잃은 것은 돈과 시간밖에 없는 듯하니, 이 정도면 제법 공평한 거래였다고 생각한다.

현대 여성의 3대 복

현대 여성의 3대 복은 시가 복, 직장 복, 시터 복이라고 한다. 정확히 말하려면 주어 앞에 '기혼자이며 자식이 있고 직장인인'이라는 수식어까지 붙여야겠지만, 이 세 가지 카테고리 중 두 가지에 해당되는 현대 여성인 나로서는 대충 수긍이 가는 문장이다.

나는 직장인은 아니지만 직업인이긴 하기에, 출산과 육아로 중단했던 일을 재개하려면 유하를 돌봐줄 사람을 구해야 했다. 말로만 듣던 베이비시터 면접을 나도 하게 되었던 것이다. 이십대 시절 구직 활동을 할 때는 면접관들이 진심으로 부러웠다. 자신들에게 잘 보이기 위해 인생을 걸고 애를 쓰는 면접자를 앞두고, 심드렁한 표정으로 대충 아무 질문이나 하며 시간을 때울 수 있는 여유와 지위가 부러웠던 것이다. 그런데 베이비시터 구인의 세계에서는 사정이 달랐다. 시터가 필요한 가정은 너무 많은데 공급이 한참 모자라는 이 세계에서는 베이비시터가 갑이고 고용주가 을이다. 게다가 경험 많고 인품이 훌륭한 시터님은 대체로 부르는 게 값이라서 나의 두어 달 치 벌이를 합쳐서 드려도 시터님 월급에 못 미치는 경우가 많다. 번역가의 벌이가 워낙 소액이긴 하지만, 그래도 이쯤 되면 대체 왜 시터를 따로 구하면서까지 일을 계속해야 하는가라는 근본적인 의문에 봉착한다.

그 의문을 애써 외면하며, '지금 쉬면 영원히 쉬어야 할 수도 있잖아?' '할머니가 되어서도 번역하려면 지금은 투자할 때다!'라는 생각으로 인력 업체와 구인 광고 게시판을 통해 몇 분을 만나봤다. 그 과정에서 나는 처음으로 우리 집 상황(애 엄마가 항상 집에 있음, 고양이가 두 마리 있음)이 시터를 구하기에는 대단한 악조건이라는 사실을 알게 되었다. 어떤 분은 반려묘가 있다는 것을 전화로 미리 알려드렸는데도 고양이가 너무 무섭다며 면접 내내 비명을 지르셨다. 또 어떤 분은 애 엄마가 집에 같이 있는 것이 부담스럽다고 하셨다. 다 좋은데 비용이 너무 많이 들어서 불발된 분도 계셨다.

　우리 집에 와주겠다고 하면 그게 누구든 닥치고 환영해야 하는 상황에서 겨우 구한 시터님은 화장이 무척 진하고 긴 손톱에 화려한 색깔의 매니큐어를 칠한 분이었다. 아이를 돌볼 분의 외양으로는 조금 이상하다 싶었지만, 면접 후 "이제 아기 한번 안아봐도 될까요?"하면서 유하를 들어 올려 볼을 비비는 모습에 방심하고 말았다. 애한테 묻은 화장이야 닦으면 되니까⋯⋯. 고양이도 괜찮다고 하셨으니까⋯⋯.

　하지만 이 시터님은 역시 조금 이상했다. 출근 시간이 오전 10시인데 매번 8시쯤 아파트 현관에 도착해 추운 겨울 날씨에도 밖에서 기다리시지를 않나(안에 들어와 아무도 없는 방에서 편하게 쉬다가 업무 시작하시라고 여러 차례 권했음에도 거부하셨다), 내가 볼일이 생겨 밖에 나갔다가 온다고 하면 뭔가 불안한 눈빛으로 얼른 들어오라고 신신당부하시지 않나. 게다가 시터는 아기와 관련 없는 업무라면 일체 하지 않는다는 점은 알고 있었지만, 이분은 아기와 관련된 일조차 "저는 그건 못 해요"라고 단호하게 말했다. 예를 들어 병원에 함께 갈 경우, 엄마는 아직 몸이 회복되지 않았으므로 보통은 시터가 아이를 안고 가는데 이분은 오직 기저귀 가방만 들어주실 뿐이었다. 그러다 며칠 아침 연속으로 '몸이 안 좋아서 못 가겠다'라는 문자가 왔고, 결국은 고양이 핑계를 대며 그만두셨다. 인력 업체 담당자에게 전해 듣기로는 고양이가 식탁이며 소파며 못 올라가는 곳이 없어서 너무 싫었다는 것이다. 고양이가 귀엽다는 표현을 종종 했던 분이었기에 예상치 못한 이야기였고 그만큼 상처였다. 그분에게도 고양이를 좋아하는 척해야 할 만큼의 사정이 있었겠지만……

또다시 시작된 면접 지옥을 거쳐 이번에는 무척 느낌이 좋은 분을 만났다. L 선생님이었다. 이 L 선생님도 처음에는 애 엄마가 한집에 있는 게 아무래도 불편하다며 2주일 만에 그만두려고 하셨다. 눈앞이 캄캄했다. 원래 시터를 고용하는 가정에서는 시터의 점심 식사를 마련해야 한다. 나는 작업실을 외부에 따로 두지 않고 내 방에서 일하는 상황이었으니 나의 점심을 만들 때 L 선생님의 점심까지 만들어서 차려드리고 같이 먹어왔는데, 생각해보니 이런 점도 불편한 요소였겠구나 싶었다.

이제 나는 내 방에서 밥을 따로 먹겠다, 선생님의 월급에 중식비를 얹어 드릴 테니 배달 음식이든 도시락이든 뭐든 자유롭게 드시라, 또 집에만 있기에는 답답하실 테니 근처 백화점의 문화센터에 유아용 수업을 등록해두겠다, 나갔다가 백화점 구경도 하고 천천히 들어오시라, 나도 종종 카페에 가서 작업을 하겠다. 그래도 불편하시면 언제든지 그만두셔도 좋다, 하고 평소의 나답지 않게 차분히 설득해봤다. 이분만은 놓칠 수 없다는 절박함이 오히려 극한의 차분함을 이끌어낸 듯한데, 다행히 L 선생님은 못 이기는 척 붙잡혀주셨다.

L 선생님의 손길 아래 유하는 무럭무럭 순하게 자랐다. 내 방에서 작업할 때 유하와 L 선생님이 거실에서 웃는 소리가 들려오면 그렇게 안정감이 들 수 없었다. 노바가 소파에 누워 있는 L 선생님의 배 위에 올라가 천연덕스럽게 낮잠을 자는 모습을 보는 것도 행복한 일이었다(또 다른 반려묘 조르바는 낯을 많이 가리는 성향이라 소파 밑에서 거의 나오지 않았다). 한 달쯤 지나자 L 선생님도 유하가 낮잠을 두세 번씩 오래 자는 타입이라서 돌보는 게 너무 편하다고, 안 그만두기를 잘했다고 여러 번 말씀해주셨다.

L 선생님은 유하가 어린이집에 가기 전까지 넓고 깊은 사랑으로 돌봐주시다가 쌍둥이가 있는 집으로 옮겨 가

셨다. 그 집 역시 아이 엄마가 함께 있었는데, 우리 집에서의 경험이 없었다면 그리로 갈 생각을 못 했을 거라고 말씀해주셔서 마음이 한결 편안해졌다.

L 선생님은 유하를 포대기로 업고 재우셨는데, 쌍둥이 집으로 가신 뒤 내가 그것을 안 쓰는 것을 알고 자신에게 팔라고 연락을 주셨다. 나는 "팔기는요, 당연히 그냥 드려야죠"하며 포대기를 깨끗이 세탁해두고 L 선생님을 기다렸다. 2주일 만에 다시 만난 L 선생님은 "오늘은 손님으로 온 거니까"하며 크고 탐스러운 포도 상자를 내미셨다. 아주 오랜만에 만난 손자를 대하듯이 유하를 번쩍번쩍 안아 올리며 여러 번 눈가를 훔치시기도 했다. 그날 밤 선생님을 배웅하며 나도 조금 울었다.

L 선생님은 그 뒤로도 몇 년 동안 설날과 추석마다 연락을 주셨다. 그러면 나는 유하가 잘 나온 사진과 동영상을 고르고 골라 L 선생님에게 전송했다. L 선생님이 "아유, 유하 정말 예쁘다"하고 답장하실 때, 나는 그 글자들 사이사이에 선생님이 굳이 표현하지 않으신 마음이 꽉 차 있다는 것을 알았다. 벌써 이만큼 컸구나, 건강하게 자라고 있네, 지금은 말도 잘하네, 기특하고 장하다. 그건 이 아이를 키우며 많은 시간을 함께 보낸 사람만이 가

질 수 있는 사랑의 마음이었다. 피를 나누지 않았는데도 자신에 대해 그런 마음을 가져준 사람이 이 세상에 있다는 게 얼마나 큰 행운인지. 유하가 L 선생님을 기억하지는 못해도 언젠가 그 점만은 알아줄 거라고 생각한다.

첫 생일 파티

    돌잔치에 대해서는 유하가 태어나기 전부터 생각해둔 바가 있었다. 양가 부모님만 모시고 간소하게 치를 것. 연회장을 따로 빌리지 말고 집에서 할 것. 나한테는 약간의 격식 포비아 기질이 있고, 또 신경 쓸 요소가 많을수록 부담이 커지기 때문에 되도록 최소한의 규모로 진행하고 싶었다. 그리고 내가 지금까지 후회하는 일 중 하나가 결혼식을 예식장에서 치른 것이라서(정말로 판에 박힌 스피드 웨딩이었다) 이번에는 어설프더라도 모든 것을 내 손으로 직접 준비하고 싶었다.

    우선 집 장식에 필요한 물품을 직접 만들거나 사 왔다. 남편이랑 같이 '유하야 첫돌 축하해'라는 글자를 색지에 쓰고 하나하나 오려 붙여 갈랜드를 만들고, 양재 꽃시장에서 하얀 장미, 분홍색 카네이션, 보라색 수국 등을 사오고, 역시 분홍과 보라색 꽃 모양으로 떡케이크를 주문하고, 식탁보로 쓸 인디핑크색 천을 구입했다. 양가 부모님에게 드릴 유하의 성장 앨범도 만들었다.

돌잔치 당일, 사전에 약속한 것도 아닌데 할아버지들은 와이셔츠를 입고 나타나셨고 할머니들은 청바지 차림으로 오셨다. 남편과 나는 각자가 좋아하는 편안한 옷을 입었고, 유하에게는 하얀 바탕에 하늘색 나뭇잎이 그려져 있는 셔츠와 청 반바지를 입혔다. 오늘의 생일왕*은 집에 손님이 많이 와서 흥분했는지 낮잠도 거르고 박수치기, 반짝반짝, 까꿍 등 자신이 선보일 수 있는 갖은 재롱을 대방출하며 잔뜩 예쁨받았다.

메인 행사를 위해 인디핑크색 천을 씌운 식탁에 꽃과 떡케이크를 올렸다. 그 한가운데에 범보 의자를 두고 유하를 앉혔다. 혹시라도 뒤로 넘어질까 봐 범보 의자에 달

---

* 만화 '어쿠스틱 라이프' 시리즈에 등장하는 단어로, 생일날에는 생일인 사람이 왕이라는 뜻이다. 남편과 내가 둘 다 이 만화의 팬이라서 집에서 자주 쓰고 있다. 자매품으로 '환자왕(아픈 사람이 왕)' '제사왕(제사 치르고 온 사람이 왕)' 등이 있으며 환자왕은 생일왕을 이긴다.

린 안전벨트로 유하를 묶고 남편이 상 아래에서 붙잡고 있었다. 생일왕은 어리둥절한 표정으로 손발을 파닥거리며 식탁 위에 있는 모든 것을 만지려 했다. 양쪽에서 할머니와 할아버지 들이 생일 축하 노래를 불렀고, 아직 입으로 바람을 불 줄 모르는 유하를 대신해 케이크의 촛불은 나와 남편이 함께 껐다.

돌잔치의 하이라이트인 돌잡이는 블로그 이웃의 아이디어를 빌렸다. 실이나 연필 같은 전통적인 돌잡이 소품 대신 동그랗게 자른 색지에 유하가 어떻게 컸으면 좋겠는지 가족들이 각각 써서 그것을 잡게 했다. 돌돌 말아서 마 끈으로 묶은 색지 더미를 나무 접시에 올려서 내밀자 유하는 양손을 뻗어 두 개를 거의 동시에 잡았다. 펼쳐보니 '힘차고 당당하게'와 '법관'이었다. 직업 자체를 쓰는 사람이 있으리라고는 예상치 못했던 터라 빵 터지고 말았다. '꿈을 먹는 아이' '새로운 모험을 즐기는 사람' '사랑하고 사랑받을 줄 아는 아이' '예쁘고 건강한 손주' 등의 후보를 제친 '힘차고 당당한 법관'이라. 의사봉을 몹시 세차게 휘두르는 판사를 상상하고 말았다. 한국 법정에서는 의사봉을 안 쓴다지만······. 그냥 너 하고 싶은 거 하렴, 유하야.

저녁 식사는 집 근처 한정식집에서 했는데, 낮잠을 안 자서 피곤했던 유하가 처음부터 끝까지 성난 아마존 흰방울새 같은 소리를 질러대서 남편이랑 교대로 애를 들고 밖에 나가 있느라 뭘 먹었는지도 모를 지경이었다. 참고로 아마존 흰방울새의 울음소리는 125데시벨에 달하며, 이는 옆에서 제트기가 지나가는 소리와 비슷하다고 한다……. 정말이지 생일왕의 횡포가 대단했다. 부모님들을 배웅하고 집으로 돌아와 유하를 씻기고 재운 뒤 남편과 나는 배달 음식을 추가로 시켜 먹었다.

돌잔치 이틀 뒤, 유하는 우리 아파트 단지에 있는 가정어린이집에 처음으로 등원이라는 것을 했다. 여름비가 보슬보슬 내리던 날이어서 아기 띠로 유하를 메고 보라색 장우산을 쓰고 갔다(이때 함께 계셨던 L 선생님이 찍어주신 사진을 나중에 보니 아기를 납치하는 비광 같았다). 적응 기간인 일주일 동안은 오전 10시부터 11시까지 고작 한 시간 가 있었는데, 애보다 내가 더 긴장했는지 일주일 연속으로 새벽 5시에 잠이 깼다.

유하는 어린이집에 내려놓자마자 활발하게 여기저기를 기어다니며 탐색을 시작했다. 그 모습에 안심하고 나와서 한 시간 뒤에 찾으러 가보니 아까와는 딴판으로 대성통곡을 하고 있었다. 원장님 말에 따르면 오전 간식인 수박을 줬더니 우적우적 다 먹고 또 달라고 했단다. 추가로 주자 또 다 먹고 더 달라고 했고, 세 번째로 리필해준 것까지 다 먹고도 더 달라기에 배탈이 날까 봐 안 줬더니 그제야 주위를 휘휘 둘러보고는 엄마가 없어졌음을 깨닫고 울기 시작했단다.

첫 등원으로부터 며칠 뒤에는 수족구병에 걸려서 일주일을 통째로 쉬었고, 한 달쯤 지나자 어린이집 근처에만 가도 온몸에 힘을 주고 뻗대며 울음을 터트리는 통에 쉽지 않은 날들을 보냈다. 그러나 유하도 나도 마침내 서로 떨어져 있는 것에 적응을 했다. 어린이집은 다른 동 1층에 있었는데, 그 동 옆을 지날 때마다 유하가 안에서 뭘 하고 있을지 상상하거나 선생님이 네이버 카페에 올려주시는 사진을 보는 게 나의 새로운 즐거움이 되었다.

어린이집에서는 매월 말에 단체 생일 파티가 열려서 생일 달에 등원한 유하도 생일상을 받을 수 있었다. 사진을 보니 커다란 잔칫상에 바나나와 수박, 자두, 사과, 참외 등이 한가득 차려져 있었고, 유하는 상 중앙의 뽀로로 케이크 앞에 앉아 콧등을 잔뜩 찡그리며 생쥐처럼 웃

고 있었다. 나한테는 한 번도 보여준 적 없는 표정이었
다. 나의 아기가, 내가 없는 곳에서, 내가 모르는 표정으
로 웃고 있다니. 너에 대해 다 안다고 생각했던 건 나의
오만이었구나. 대견하고 섭섭했다.

유하가 태어나고 1년 동안, 육아와 집안일과 번역이라
는 세 개의 접시를 동시에 돌리던 생활은 나에게 무기력
과 우울에 빠져 있을 틈을 허락하지 않았다. 낮에는 번
역을 하고 밤에는 유하를 돌보는 동시에 밀린 집안일을
하거나 이유식을 만드는 분주한 생활 속에서도 나는 (유
하에게 주기 위해 냉장고에 늘 구비해두는) 제철 과일을 챙
겨 먹었고, 주말에는 꼬박꼬박 유아차를 끌고 밖으로 나
가 아파트 단지라도 돌았다. 사계절을 전에 없이 풍성하
게 누린 시기였다. 그러니까 이 시절의 유하는 나에게 영
화 〈라이프 오브 파이〉의 리처드 파커와 같은 존재였던
것이다. 나의 삶에 시련을 주는 동시에 그 삶을 부지런히
굴러가게 만드는.

한데 이 조그만 리처드 파커는 이제 파이의 보트에서
내려 바깥세상을 어슬렁거리기 시작했다. 파이가 아닌 다
른 사람이 주는 음식을 넙죽넙죽 받아먹으며, 파이에게는

보여준 적 없는 표정을 지으며. 머지않아 유하는 툭하면 제 방문을 걸어 잠그고, "엄마는 몰라도 돼!"라는 말을 입 버릇처럼 내뱉고, 낯선 표정 정도가 아니라 그보다 더한 비밀을 수십, 수백 개씩 만들 것이다. 리처드 파커처럼 뒤도 돌아보지 않고 밀림으로 떠나버릴 것이다.

그런 날이 오면 의연하게 받아들일 수 있도록, 유하가 크는 속도에 엄마가 열심히 따라가볼게. 그때 너무 쓸쓸해지지 않도록, 엄마도 엄마의 세계를 부지런히 가꿔둘게.

유하의 처음들

사소한 일에 의미 부여 하는 것을 경계하는 성격이다. 날짜 감각이 무뎌서 기념일도 잘 못 챙긴다. 그런데 유하가 태어나고 모든 게 바뀌었다. 유하가 처음 애호박을 먹은 날은 애호박 기념일, 유하가 처음 직립보행을 한 날은 걸음마 기념일, 유하가 처음 "상해(사랑해)"라고 한 날은 사랑해 기념일이 됐다. 그런 날이면 기록 삼아 유하의 통장에 소액을 이체하며 송금인 이름 칸에 무슨 날인지 적어뒀다. 유하의 모든 처음을 보물처럼 수집하고 싶었다.

그 통장을 오랜만에 펼쳐봤다. '엄마라고부른날' '첫이유식완식' '아랫니발견' '빨대컵성공축하' '봉골레처음먹은'(글자 수 제한 때문에 '날'이 잘렸다) 등의 입금 기록은 유하가 태어난 해와 그 이듬해에 가장 빼곡했고, 세 살로 접어들며 급격히 줄어들더니 네 살 때의 '어른변기 응가성(공)'을 마지막으로 전액 인출되었다. 유하가 태어 났을 때 양가 어르신들에게 받은 축하금과 세뱃돈까지 다 모아놓은 통장이라서 금액이 제법 되었는데, 문득 돈 을 굴려 돈을 버는 이 시대에 연이율 1.3퍼센트의 예금통 장을 고수하는 건 미련한 짓이 아닌가 싶었던 것이다. 그 뒤 유하용 CMA 통장을 따로 만들어 펀드와 주식을 샀는 데, 현재의 투자 성적은……. 뭐, 한 20년 뒤에나 찾을 거 니까 그때쯤에는 불어 있겠지.

유하와 처음 간 식당은 우리 집에서 도보로 20분쯤 걸 리는 이탈리안 레스토랑이다. 정확한 시기는 기억이 가 물가물하지만 아마 생후 3~4개월쯤 되었던 것 같다. 다 른 육아인들은 그보다 어린 갓난아이를 데리고도 잘만 외출하던데, 우리 부부는 원래부터 지독한 칩거인들인 데다 돌발 상황을 꺼리는 성향까지 더해져서 주말에도 아파트 단지 산책을 제외하면 거의 집에서만 지냈다. 그 런데 그날은 왠지 밖으로 나가고 싶었다. 아마 날씨가 지 나치게 좋았다거나, 집에서 밥해 먹을 기운이 없었다거나 했을 것이다.

기저귀 가방에 분유와 더운물이 든 보온병, 물티슈, 새 기저귀, 여벌 옷, 공갈 젖꼭지 등을 챙겨 넣고 유하를 유아차에 태워 비장하게 밖으로 나간 시각은 오후 6시쯤. 하늘은 서서히 군청색으로 물들어가고 있었고 뺨에 닿는 저녁 바람은 청량했다. 유아차가 없었다면 아파트 단지 옆 계단과 이어진 쪽문 쪽 지름길을 택했겠지만 그날은 평탄한 길로 가기 위해 빙 돌아 후문으로 나갔다.

사촌 오빠와 사촌 동생의 아이들을 거쳐 우리에게 온 낡은 유아차는 길이 조금만 거칠어도 사정없이 흔들려서 손잡이를 잡은 손에 힘이 잔뜩 들어갔다. 그래도 승차감은 나쁘지 않았는지, 아니면 멀미에 지친 것이었는지, 식당에 도착하니 유하는 깊게 잠들어 있었다. 남편과 나는 모처럼 찾아온 꿀 같은 시간에 감격하며 와인까지 한 잔씩 마셨고, 유하는 기특하게도 우리가 식사를 끝냈을 때 딱 맞춰 깨어났다. 돌아오는 길에도 울음 한번 안 터트리고 유아차 안에서 얌전히 세상 구경을 했다. 완벽한 저녁이었다. 그러나 이런 기적적인 순간은 그때뿐이었고, 그 뒤로 거의 1년 동안은 식당에 가면 남편과 교대로 애를 들고 밖에 나가 있어야 했다. 돌이켜보면 그 1년도 순식간이었지만.

처음으로 바다를 보고 바닷물에 발을 담근 건 생후 15개월, 속초의 아야진해수욕장에서였다. 이것만은 영상으로 남겨두고 싶어서 휴대폰을 얼른 들이댔는데, 나중에 확인해보니 녹화가 안 되어 있어서 그날 밤 글로 기록해뒀다. 유하는 바닷가에 내려놓자 처음에는 신이 나서 발을 두세 번 굴렀지만, 곧이어 파도가 발등을 덮치자 울음을 앵터트리며 엉덩방아를 찧었다. 그다음부터는 파도가 칠 때마다 대성통곡을 했다. 녹화가 안 되었음을 인지하고 다시 찍은 영상에서는 이미 유하의 엉덩이가 젖어 있다. 남편은 "무서워?" 하면서도 유하를 번쩍 들어 조그만 발을 파도에 한두 번 더 담그고, 유하는 인형 뽑기 기계의 집게에 걸린 인형처럼 아빠의 팔에 대롱대롱 매달려 속절없이 흐느낀다. 그다음 영상에서는 어느새 울음을 그친 유하가 "히야~ 햐~" 소리를 내며 젖은 모래를 발로 밟아서 쑥 들어가게 만들고, 그 위에 앉아서 발을 파닥거리다가 두 손으로 모래를 움켜쥐어보기도 한다. 14개월 인생에서 처음 접한 대자연을, 자신이 소화할 수 있는 범위 내에서 열심히 즐기는 모습이었다.

그다음 날 아침에 남편이 신발을 벗어서 모래 위에 두고 바다에 들어갔는데, 유하는 그 신발을 주워 들고 용기를 내어 아빠한테 다가가다가 또다시 밀려오는 파도에 습격당해 뿌애앵 울음을 터트렸다. 아빠한테 신발을 갖다주려는 순수한 마음이 자비 없는 대자연에 무참히 짓밟히는 광경이 애처로우면서도 너무 웃겼다. 심지어 그 신발은 아빠 것도 아니고 숙소에서 빌린 삼선 슬리퍼였다.

첫 바다가 트라우마로 남았는지 유하는 세 살쯤까지 파도 소리를 무서워했다. 지금도 바다에 가면 엄마 아빠의 성화에 못 이겨 발목까지는 겨우 담그지만 적극적으로 들어가려고 하지는 않는다. 바다와의 관계 회복을 위해 내후년쯤에는 서핑이라도 함께 배워봐야겠다. 바닷물만 된통 먹고 더 싫어하게 될 수도 있지만.

처음으로 비행기를 탄 것은 생후 16개월이었다. 시어머니 회갑을 맞이해 시부모님, 시동생 부부와 함께 오키나와에 갔을 때였는데, 유하를 데리고는 비행도 해외여행도 다 처음이라 걱정이 이만저만이 아니었다. 비행기가 뜰 때 귀가 아프다고 하면 먹일 보리차(아직 침을 스스로 삼키지 못하기 때문에 필요한 아이템), 칭얼대면 꺼내줄 간식, 좌석에서 가지고 놀 수 있는 장난감 등등 만반의 준비를 해서 탔지만 이륙하자마자 울음이 터져버린 유하는 쉽게 진정되지 않았다. "유하야, 저것 좀 봐. 우리가 구름 위를 날고 있어!" "건물이 엄청 작아지고 있지? 신기하네?" 하며 창밖이라도 보게 하려고 갖은 애를 써봤지만 침도 못 삼키는 애가 창밖 풍경에 감탄해줄 리 없었다.

결국은 기내의 안전벨트 등이 꺼지자마자 아기 띠로 유하를 메고 두 시간 넘게 서서 갔는데, 다행히 아기 띠 속에서는 뭔가 안심이 되었는지 온순한 표정으로 쌀과 자를 쩝쩝 먹어줬다. 그나저나 나의 기억으로는 분명 올 때도 갈 때도 내가 유하를 메었는데 사진을 뒤져보니 남편이 유하를 메고 있는 것밖에 없다. 거참 이상하네……(이래서 육아 초기에 서로 자기가 애 더 많이 봤다며 죽어라 싸운 듯하다).

처음으로 크리스마스 선물을 챙겨준 것은 세 살 때였다. 한 살 때는 얼렁뚱땅 넘어갔고 두 살 때는 유하와 내가 연말 내내 친정에 내려가 있어서 아무것도 하지 못했다. 그다음 해 유하가 산타와 루돌프의 존재를 알게 되어서, 꼬마전구를 유리창에 트리 모양으로 붙이고 크리스

마스이브 밤에 유하를 재운 뒤 그 아래에 선물을 놔뒀다. 아침에 선물을 발견한 유하는 "우와~ 여기 있었다아~ 탄타 할부지가 놓고 갔다아~" 하며 잠이 덜 깬 표정으로 말했다. 선물은 기차 놀이 세트였는데, 스위치를 켜면 파란 불빛을 내며 앞으로 가는 기차를 유하가 '유령 기차'라며 너무 무서워해서 한동안 레일만 가지고 놀았다.

네 살 때부터는 산타 시스템을 업그레이드해서 선물과 함께 산타의 편지까지 놔뒀고(트리도 새로 장만했다), 다섯 살부터는 크리스마스 일주일 전쯤에 유하가 산타에게 원하는 선물이 뭔지 편지를 쓰면 산타가 그 선물과 답장을 놓고 가게 되었다. 여섯 살이었던 작년의 유하 편지에는 '산타 할아버지, 닌텐도 주세요'라고 쓰여 있어서 산타의 허리가 휘다 못해 부러질 뻔했다. 다섯 살 때만 하더라도 '우유 먹은 공룡(과자) 주세요'라고 썼었는데, 흑흑…….

유하가 나한테 준 첫 선물은 솔방울과 도토리다. 주말에 노트북을 들고 동네 카페에서 밀린 일을 하고 있었는데 아빠와 함께 산책하던 두 살 유하가 카페로 왔다. 남편 말에 따르면 자기는 다른 쪽으로 데려가려고 무진 애를 썼지만, 엄마가 거기 있다는 것을 아는 유하가 완강하게 아빠의 손을 카페 쪽으로 잡아끌었다고 한다. 유하의 작은 손에는 솔방울과 도토리가 들려 있었다. 엄마 주려고 길에서 주워 모았는데, 귀퉁이가 떨어지거나 흠집이 난 것은 버리고 성하고 예쁜 것만 고르더란다. 이마에 땀이 송송 난 유하를 꼭 껴안은 다음 뽀로로 주스를 주문해 줬다. 주스로 금세 충전이 된 유하는 다시 휘청휘청 걸어서 아빠와 산책을 떠났다. 나는 창문 너머로 점점 작아지는 큰 인간과 작은 인간의 뒷모습이 모퉁이를 돌아 사라질 때까지 한참 동안 바라보았다.

그 솔방울과 도토리는 지금도 우리 집 거실 장식장 위에 있다. 유하가 소꿉놀이할 때마다 꺼내 써서 이제는 가장자리가 많이 부서졌지만 무엇과도 바꿀 수 없는 나의 보물이다.

인간이 어떻게

서로를

이해하게

되는지

유하의 말*

육아 선배들이 그랬다. 무조건 사진보다 동영상이라고. 그 조언을 받아들여 시도 때도 없이 유하의 동영상을 찍어서 클라우드에 저장해둔 결과, 일하다가 막히거나 졸릴 때마다 제 자식의 과거 영상을 보며 헤벌쭉 웃는 고슴도치 엄마가 되었다.

자식이 있어 좋은 점 중 하나는 인간이 어떻게 언어를 배워나가는지 관찰할 수 있다는 것인데, 예전 동영상을 보면 특히 그 변화가 뚜렷하게 느껴진다. '끼(귤)' '아나

* 〈조선일보〉 '일사일언' 코너에 실었던 글 「다섯 살의 언어 세계」(2021년 2월 23일 자)에서 내용을 더하고 수정했다.

(안아줘)' '쩌(저요)' 등의 한 단어가 '따기(딸기) 조아'와 같은 문장으로 순식간에 발전했고, 언어의 나무가 나날이 무성해져서 이제는 그 가지 끝에 "나는 엄마를 오늘도 사랑하고 내일도 사랑하고 내일모레도 사랑할 거야"와 같은 뭉클한 열매가 맺히기도 한다.

말문이 갓 터진 세 살 무렵의 영상에서는 "유하는 귤이 좋아, 엄마가 좋아?" 하고 물으면 로봇 같은 말투로 "귤.이.가.조.와."라고 한다. 아는 동생 집에 놀러 가는 차 안에서 "동생이 들고 있는 장난감 빼앗으면 안 돼"라고 하면 "빼.트.면.안.되.자.나. 동.생.이.왱.왱.울.자.나"라고 한다. 그러던 아이가 네 살 영상에서는 꽃을 보고 "제법 기여꾸나(귀엽구나)?"라고 말한다. 고속도로휴게소에서 참새를 쫓아가며 "땀새야, 너가 내 퍼즐 물어 가찌?"라고 호통을 친다(집에서 퍼즐 조각이 하나씩 없어질 때마다 내가 "참새가 물어 갔나?"라고 중얼거렸기 때문이다……).

다섯 살 영상에 이르면 어설펐던 발음과 로봇 억양이 거의 다 사라진다. 이때부터는 새로 익힌 단어를 이 상황 저 상황에서 과감하게 시도해보는 유하를 만날 수 있다. 아이들은 낯선 단어를 접하면 여기저기에 활용해보고 싶어 한다는 것을 나는 유하를 통해 알았다. 가령 '오랜만에'라는 단어를 처음 들으면 우선 그것을 아무 말에나 붙여본다. "나 오랜만에 쉬야해"(몇 시간 전에도 했음). "아빠랑 오랜만에 노네?"(몇 분 전에도 놀았음). "오랜만에 〈헬로 카봇〉이나 볼까?"(전날도 봤음). 이런저런 시행착오 끝에 유하는 드디어 맞춤한 문장을 찾아낸다. "오랜만에 준영이 집에 놀러 가자!" 이럴 때 남편과 나는 최대치의 환호로 유하의 성공을 축하해준다. "우와, 유하가 '오랜만에'라는 단어를 쓸 줄 알게 됐네!" 그러면 유하는 씩 웃으며 자신의 작은 성취를 만끽한다. 언젠가 나와 같은 색깔의 양말을 신은 날 "엄마, 우리 와플이네?"라기에 내가 막 웃으며 "커플 말이지?"라고 정정해줬더니 "아니 이이~ 나도 알고 있었는데 잘못 말했다고!" 하면서 막 성질을 냈다. 어린이도 틀리는 건 부끄러운 모양이다.

이렇게 획득한 자신의 언어로 유하는 날마다 새로운 문장을 만들어낸다. 앞 동에서 나는 소리에 부리나케 창가로 달려가 "엄마, 저것 좀 봐봐요! 사다리차예요! 내가 '매의 귀'로 들었거든요"라고 하고('매의 눈'을 응용했다), 양발에 각각 다른 신발을 신고 "짝짓기예요"라고 한다('짝짝이'를 잘못 말했다). 어린이집에 '배유하'라는 친구가 새로 왔을 때는 "배유하는 배를 많이 먹어서 배유하인가 봐요. 유하는 포도를 좋아하니까 포도유하라고 불러주세요"라고 사뭇 진지하게 선언했다.

잘못해서 혼내면 애절한 표정으로 "상냥하게 말해주세요. 단호한 건 싫어요"라고 한다. 어린이집 현관에서 신발을 벗지 않고 늑장을 부릴 때 얼른 벗으라고 재촉하면 "엄마랑 헤어지는 게 아쉬워서 그런 거야"라고 한다. 한번은 저녁을 먹다가 남편이 "회사 사람한테 말을 잘못한 것 같아"라고 했더니 "푹 자고 일어나서 웃는 얼굴로 미안해, 하면 돼" 하고 제법 어른스러운 충고도 해줬다.

검은 마스크를 쓰고 단지를 산책하는 이웃을 가리키며 "엄마, 저기 이상한 사람이 있어요!"라고 큰 소리로 외칠 때면 좀 난감하지만, 유하의 언어는 대체로 순하고 맑다. 내가 일 때문에 자정이 넘어 집으로 돌아오면 다음 날 아침, 나의 목을 끌어안으며 "엄마가 사라질까 봐 꼭 껴안고 있는 거야"라고 말하는 그 언어 세계에서 할 수만 있다면 영원히 머무르고 싶다. 그러나 그것은 나의 욕심일 뿐, 유하는 거친 말, 차가운 말, 아프거나 슬픈 말도 나의 예상보다 훨씬 빠르게 배워갈 것이다. 그때가 오면 새 단어를 익혔다고 환호할 일도 없겠지만, 유하가 온갖 단어를 자유자재로 구사하며 나와 대등하게 대화하고,

때로는 말로 나를 꼼짝 못 하게 만들 미래도 나는 기꺼이
맞이하고 싶다.

유하의 말 2

세 살

(내가 유하 몰래 안방에 들어가 외출 준비를 하고 있었더니 숨바꼭질하는 줄 알고 거실 여기저기를 들춰보며)

까꾸(까꿍)? 까꾸? 엄마 까꾸우?

(어린이집에 내 아이패드를 들고 갈 거라고 고집부리자)

나: 들고 가다가 떨어트릴 수도 있으니까 집에 두고 가자.

유하: 시러! 시러!

나: 하…… 그래, 들고 가라, 들고 가!

유하: (내 뺨에 뽀뽀를 쪽 해준 뒤 아이패드를 가슴에 꼭 끌

어안고) 이케 들고 가께.

(남편이 유하를 재우는 날, 내가 유하가 있던 안방 문을 닫고 거실로 나가자)
타랑해 하려고 했는데 문 다다떠…….

(바닷가에 놀러 가서 파도 포말을 한참 관찰하더니)
비누 거품이 사라져떠.

(어린이집 친구들과 단체로 키즈 카페에 다녀온 유하에게 미끄럼틀 안 무서웠냐고 물어보자)
응, 무텁지 아나떠. (유하는) 용감해떠.

('지켜준다'는 말을 배운 뒤)
우하가 무서우면 엄마가 지켜주끄야. 엄마가 무서우면 우하가 지켜주끄야.

(큰 차가 지나가는 걸 보고)
유하: 큰 챠다!
나: 유하는 큰 차가 좋아?

유하: 우하는 우하 챠가 조하.

(유하가 낮잠 자는 사이에 내가 외출한 날, 소파에 벗어둔 내 카디건을 보며)

아빠, 엄마 옷 안 입고 가떠. 엄마 옷 들고 엄마 탸즈러 가자.

(어린이집에서 크리스마스 행사가 있던 날, 산타 할아버지가 어떻게 했냐고 물어보자)

허! 허! 허! 하면서 선물 줘떠.

네 살

(유하가 감기약을 안 먹으려 하자)

나: 유하야, 엄마 아빠가 억지로 먹이는 거 싫은데 용감하게 혼자 한번 먹어볼래?

유하: (눈물이 그렁그렁한 눈으로 아빠 무릎에 착 앉으며) 유하는 안 용감해. 억찌로 머겨져.

(유하는 개구쟁이냐고 물어보자)

아니? 아빠가 개구쟁이고 유하는 멋쟁이야.

(우유를 바닥에 쏟고 싶다면서 떼를 쓰며 발버둥을 치다가 나를 발로 찼을 때)

나: (한껏 무서운 표정으로) 엄마를 발로 찼어?

유하: (울먹거리며) 아니야, 대고 이써터. 엄마를 발로 탄 게 아니고, 엄마가 부편하까 바 대고 이써턴 거야. (#기적의 논리)

(문에 발을 찧어 울면서)

유하: 크게 다텼어. 다시는 못 걸을지도 몰라. 엄마 아빠도 영원히 못 보고. 흐아앙~

나: 유하는 영원이 뭔지 알아?

유하: 두 밤 자도 안 오는 거야.

(어느 날 너무 기력이 없어서 "엄마는 입이 없어. 말을 못 해" 했더니 버럭 화내며)

코 밑에 있잖아!!

(배변 훈련 중인 유하가 소변기에서 쉬야를 성공한 뒤)

나: 아까 유하가 변기에 쉬야하는 모습 정말 멋있었어.

유하: 엄마도 아까 장난감 정리하는 모습 멋있었어.

(동생이 둘 있는 집에 놀러 갈 거라고 알려주자)

유하: 동생이 두 대 있어?

나: '대'는 자동차 같은 걸 셀 때 붙이는 말이야. 사람한테는 안 써.

유하: (조금 생각한 뒤) 동생이 두 마리 있어?

(하원하는 차 안에서)

나: 유하는 (어린이집 같이 다니는) 지우 누나가 왜 좋아?

유하: 유하 머리 쓰다듬어주고 다정하게 말해주거든.

(아이스크림을 먹고 있는 유하에게)

나: 그 아이스크림 이름이 뭐야?

유하: 돼지바.

나: 맛이 어때?

유하: 돼지 맛 같애.

(아빠의 외출복을 보더니 자신의 상하의 세트 추리닝을 가리키며)

아빠는 이런 예쁜 옷이 없어?

(장난감 로봇을 변신시키다가 어려운 부분을 나에게 넘기며)

내가 할 수 있는 건 여기까지인가 봐.

(아빠와 함께 하원하는 차 안에서)

아빠가 좋아할 만한 소식이 있어. 어린이집에 새로운 『흥부와 놀부』 책이 왔어. 아빠가 영양소가 빠져나가서 아기가 되면, 우리 같이 어린이집 가자!

다섯 살

유하: 엄마, 도영이가 나한테 카봇 좀 그만 보라고 했어요.

나: 유하는 뭐라고 했어?

유하: 마음이 슬퍼서 아무 말도 못 했어요…….

나: 다음에도 그러면 '내가 좋아서 보는 거야'라고 말

하면 돼.

(며칠 뒤)

유하: 엄마, 도영이한테 "내가 좋아서 보는 건데?" 했더니, 도영이가 "난 니가 걱정돼서 그랬던 거야"래요.

(기차에서 어떤 아기가 우는 것을 보고)

유하: 엄마, 저 아기가 울어요.

나: 유하도 아기 때는 잘 울었지?

유하: 나는 형아인 지금도 저절로 눈물이 날 때가 있어요.

(팔을 다쳐서 연고를 바르며)

꼼짝 말고 죽는 줄 알았네. (최근 익힌 '꼼짝없이'를 써보고 싶었지만 실패했다.)

(거실에 누워 있는 나에게 다가오더니)

엄마가 빠져 있는 것 같아서 와봤어. ('삐져 있다'를 잘못 말했다.)

유하: 저는 그냥 유하예요.

나: (막 웃으며) 성이 그냥이세요?

유하: (울먹거리며) 엄마가 놀리니까 마음이 올록볼록 해져요.

(친구 은우 집에서 놀고 온 다음 날, 영상통화 하다가 은우가 "내 방 어때?" 하자)

좋아. 근데 난 너랑 노는 게 더 좋아.

(몸살 기운이 있어서 누워 있는 나에게)

엄마, 아플 수도 있지 뭐~ 괜찮아. 내 기운 조금만 나눠 줄까요? 내 기운 다 줄까요? 나는 자고 일어나면 또 충전되니까요.

(어린이집 선생님이 혼낼 때 무서워서 등원하기 싫다기에)

나: 선생님은 유하를 겁주는 게 아니라 잘못한 걸 알려 주는 거야.

유하: 엄마는 그걸 왜 이제 알려줘요? 어제 알려줬으면 좋았잖아요.

(겨울에 세면대에서 손 씻으며)

아유, 너무 차가워서 북극인 줄 알았네.

(스무고개 하는 방법을 배운 유하가 처음 낸 문제)

먹는 거고, 언제든 먹을 수 있는데 밥이랑 같이 먹고, 처음에는 뜨거웠는데 나중에는 차갑고, 색깔은 여러 개인 것은? (#국밥)

(갑자기 아빠를 안 사랑한다고 해서 이유를 물어보자)

살다 보니 사랑하는 사람이 자꾸 바뀌더라…….

(유하 귀에 대고 "엄마가 세상에서 제일 사랑하는 건 유하지~" 했더니 눈을 반달로 만들며)

아빠한테는 비밀로 하자. 속상할 수도 있으니까.

(크리스마스트리에 장식을 달다가 이전 어린이집에서 만든 것이 나오자)

그 어린이집 거는 달지 말자. 그리우니까.

(밴드 호피폴라가 커버한 라디오헤드의 〈CREEP〉을 틀어놨는데 유하가 무슨 노래인지 알려달라고 해서, "사랑하는 사람 옆에 가고 싶은데 내가 너무 초라해서 못 간다는 내용이야"라고 말해준 뒤)

나: 유하는 어떤 사람이 이런 마음이 들어서 유하한테 못 오겠다고 하면 어떻게 할 거야?

유하: '오세요~' 할 거야.

나: 그리고?

유하: 꼭 안아줄 거야.

여섯 살

유하: 엄마, 지구는 지금도 빙글빙글 돌고 있어요?

나: 응, 지구는 계속 도는 거야.

유하: 그럼 밤에 잘 때는 유하 발이 천장에 붙어 있겠네요?

(돌솥밥 먹고 급체해서 화장실 변기를 부여잡고 있는 나에게)

엄마, 힘들면 포기해도 돼요.

(미용실 갈 거라고 알려줬더니)

나는 옆머리는 조금 정리하고 앞머리는 짧게 잘라달라고 할 거야.

(하원하자마자 엄마한테 편지 써 왔다며 얼른 보라고 난리기에 서둘러 펼쳤더니 거기 있었던 문구)

'이지수 오늘요' (#???)

(감기 걸려서 병원에 갔을 때 선생님이 코안을 살펴보려 하자 코를 감싸 쥐며 앙칼진 말투로)

코로나 검사하려고 그러짓!?

('암수'에 대해 배운 뒤)

유하: 엄마는 '암'이고 나는 '수'야.

나: 그건 인간한테는 잘 쓰지 않고 주로 다른 동물이나 식물 친구들한테 쓰는 말이야.

유하: 그럼 꽃도 여자 꽃 남자 꽃이 있어?

나: 그런 경우도 있지만 대부분은 암술과 수술이 한 꽃에 같이 들어 있어.

유하: 그럼…… 꽃은 쉬야를 어떻게 해?

(유튜브 뮤직 앱에서 '슈퍼밴드' 앨범 재킷을 보고)

'슈퍼밴드'는 붙이면 빨리 낫는 밴드인가 봐.

(어린이집 현관에 '풍성한 한가위 되세요'라고 적혀 있는 것을 보고)

풍성한 가위가 뭐예요?

(추석에 성묘를 가면서)

아빠: 오늘 증조할아버지 산소에 갈 거야.

유하: 산소가 뭐야?

아빠: 증조할아버지가 하늘나라에 가셨는데, 몸은 안 가고 땅에 묻혀 있거든. 그 땅이 산소야.

유하: 그럼 하늘나라에는…… 머리만 갔어?

(내가 개인사 때문에 빡쳐서 한숨 쉬며 침대에 누워 있었더니 토닥토닥해주면서)

엄마, 괜찮아. 엄마한텐 유하만 있으면 되잖아?

(아파트 주차장에서 저세상 땡깡 부려서 놔두고 몇 걸음 먼저 갔더니)

엄마가 이 아파트처럼 단호해서 내 하트가 찢어졌어.

(유하 신발에 달아놓은 피카츄 배지의 귀가 띨어져 있었던 날)

나: 피카츄 귀가 떨어졌는데 속상하지 않아?

유하: 괜찮아. 사람들은 피카츄가 귀를 접고 있다고 생각할 거야.

(보름달 뜬 날 소원 빌자고 했더니)

엄마가 건강하게 자라게 해주세요.

(어린이집 친구들에게서 편지를 받아 온 날)

나: 유하 반에는 글씨 쓸 줄 아는 친구가 많나 보네?

유하: 응, 근데 어떤 친구는 블록을 자기 키보다 높이 쌓아. 그것도 슈퍼 능력이야.

(유하 국그릇에 미역국을 담아서 남편 먹으라고 줬는데, 식사 후에 미역 부스러기가 남아 있는 것을 보고 화를 내며)

엄마, 아빠가 내 국그릇에 수염 빠트렸어!

(화장실에서 남편이 휴지 좀 갖다 달라기에 유하에게 두루마리 휴지를 세 개 쥐여주며 아빠 주라고 하자)

아빠는 똥구멍이 넓어서 휴지가 많이 필요해요?

(비 오는 날 등원 길에서)

엄마, 미끄러지는 거랑 물웅덩이만 조심하면 비 오는 날은 즐거운 날이에요.

(어느 날 아침 시리얼을 먹다가)

엄마, 나는 세상에 처음 와서 궁금한 게 많아요.

여름방학

역병의 시대를 맞이해 유하의 여름방학은 창원의 외 갓집에서 보내기로 했다. 아무래도 수도권에 비해 확진 자가 덜 나오는 지방이 안전할 듯했다. 출퇴근을 해야 하 는 남편은 집에 남겨두고 유하와 나만 가는 것이라서 자 동차 말고 기차를 타기로 했다.

아이와 함께하는 여행은 신경 쓸 것이 많다. 출발 전에 아이 배를 채워놔야 하고, 아이 방광을 비워둬야 하고, 아이의 볼거리와 놀거리도 준비해야 한다. 사전에 공공 장소 예절을 숙지시켜두는 것도 잊어서는 안 된다.

혹시라도 기차의 발 받침대와 플랫폼 사이에 유하의 얇은 다리가 끼이기라도 할까 봐 작은 손을 꽉 잡고 긴장한 채 기차에 올랐다. 자리에 앉자마자 집에서부터 일러둔 주의 사항을 다시 한번 말했다.

"기차에서는 큰 소리를 내면 안 돼. 할 이야기가 있으면 소곤소곤 말하기."

"쉬야하고 싶으면 참지 말고(의자에 싸지 말고) 곧바로 엄마한테 알려줘야 해."

"앞의 좌석은 발로 차면 절대 안 돼."

한두 살 때는 좌석 팔걸이가 올라간다는 사실에 흥분해서 100번쯤 올렸다 내렸다 하고, 말릴 틈도 없이 앞의 좌석 밑으로 기어들어 발판을 핥아댔던 유하도 다섯 살쯤 되니까 철이 들었는지 의젓하게 앉아서 나의 말 하나하나에 고개를 끄덕여주었다.

잠시 후 열차가 달리기 시작했다. 유하는 차창 밖의 아빠에게 신나게 손을 흔든 다음 대각선 앞에 앉은 사람을 골똘히 관찰하더니 "엄마, 유하는 왜 책상이 없어요?"라고 물었다. 접이식 책상을 빼주자 "나도 저 사람처럼 책상에 뭘 늘어놓고 싶어요"라고 하기에 가방에서 손 세정제와 모기퇴치제, 텀블러를 꺼내줬다. 유하는 그 물건들을 작은 책상 위에 요리조리 배치하면서 한동안 조용히 놀다가, 좌석 그물망에 들어 있던 KTX 잡지를 꺼내 지방 출장이 잦은 회사원처럼 노련하게 페이지를 넘기기 시작했다.

얼마 못 가 잡지 넘기기에 싫증 난 유하가 자리에서 일어서려고 해서 비장의 아이템을 꺼냈다. 아이패드에 담아온 어린이용 게임을 내민 것이다. 놀랍게도 평화는 한 시간이 넘도록 지속되었고 나도 그 틈을 타 책을 볼 수 있었다. 좀 컸다고 이제 정말 편해졌는걸. 무엇보다 애가 발판 핥을 걱정을 안 해도 된다는 게 감격스러웠다.

1년 만에 만나는 쌍둥이 사촌 동생들(재하, 서하)은 그새 말이 많이 늘어 있었다. 서하는 유하가 장장 30분 동안 조몰락거려 만든 찰흙 조개와 찰흙 나뭇잎을 접시에 담아 "어서 드세요~ 초콜릿 맛이에요~"하면서 갖다주자 "찰흙은 먹는 기 아이다"하며 휙 가버렸다. 반면 재하는 유하의 서울 말씨를 듣고는 자기 엄마(나의 언니) 뒤에 숨어서 "형아는 와 말을 저래 하노?"라고 했지만 장난감도 은근히 잘 양보해주고 먹을 것도 챙겨줬다. 세 비글들은 장난감을 뺏고 빼앗으며, 리모컨 쟁탈전을 벌이며, 아무

이유 없이 꼬리잡기하듯 방을 빙빙 맴돌며 놀았다.

　그렇게 며칠 동안 친정집과 언니 집을 오가며 잘 지내던 중, 유하를 목욕시키다가 허리를 삐고 말았다. 진통제를 먹고 침을 맞으니 서서히 컨디션이 회복되었지만 며칠 뒤 유하를 안아 올리다가 또다시 같은 자리를 삐었다. 교정지를 들고 내려가 틈틈이 일도 하고 있었던 터라 무척 난감했다. 가뜩이나 얹혀 지내면서 일까지 하고 있는데, 공동육아에 도움이 되기는커녕 폐를 끼치는 몸이 되었으니 어쩌지 싶었다. 그 와중에 유하는 끊임없이 엄마를 찾으며 엉겨 붙어서 아무리 다른 가족들이 나보고 쉬라고 해도 제대로 쉴 수조차 없었다. 주말에 내려와 상황을 지켜보던 남편이 안 되겠다 싶었는지 유하를 데리고 먼저 올라가겠다고 했다. 어린이집은 방학이라도 긴급보육으로 애를 맡길 수 있으니, 자신이 출퇴근하면서 등하원을 시키겠다는 것이었다.

　확진자가 폭증하던 시기라 애를 등원시켜도 될지 고민이 컸지만, 그때도 언니네 안방 침대에 산송장처럼 누워 있었던 나는 결국 남편의 제안을 수락할 수밖에 없었다. 이번에는 기차 말고 고속버스를 태워보기로 했다. 크~은~ 버스를 탈 거리고 알려줬더니 유하는 흥분해서 엄마가 없어도 괜찮다고 말했다. 아무래도 태어나서 처음 타는 고속버스니까 신이 났던 모양이다.

다시 한번 대중교통 매너를 일러주고, 배를 채워주고, 방광을 비워준 뒤 터미널에 함께 갔다. 내내 괜찮다고 큰 소리치던 유하는 정작 버스 탈 시간이 다가오자 "엄마랑 같이 가면 안 될까요?" 하며 울먹거렸다. 버스에 올라 좌석에 앉아서는 유리창에 딱 달라붙어 내 모습을 찾는 게 보였다. 남편 말로는 버스에서도 엄마가 보고 싶다고 칭얼대다가 다행히 금방 잠들었다고 한다. 남편이 보내준 사진을 보니 유하는 나비다리('아빠다리'는 성차별 용어이기 때문에 어린이집에서 이렇게 가르친다고 한다. 나도 유하를 통해 처음 알았다)로 앉아서 팔걸이에 왼팔을 걸치고 자고 있었다. 마스크도 잘 쓰고 있었다. 휴게소에서는 화장실도 무사히 가고, 뽑기 기계에서 멋진 변신 로봇도 뽑은 모양이다. 집에 간 뒤로는 아빠 말을 평소보다 훨씬 잘 들으며 지냈다고 한다(원래는 잘 안 듣는다). 다행히 코로나19도 걸리지 않았다.

나는 엄마가 에어컨 틀어주고 요 깔아준 방에서 뒹굴며 허리 찜질이나 하다가 밥 먹으라고 하면 밥 먹고 병원 가라고 하면 병원 가고 자라고 하면 자는 행복한 생활을

3박 4일 동안 했다(교정지도 제때 보냈다). 스무 살 때 서울로 대학을 간 이후로 내내 떨어져 사는 바람에 엄마에게 오랫동안 못 부려본 어리광을 벌충하는 시간이었다. 근데 이제 엄마 입장에서는 다 크다 못해 흰머리까지 난 딸내미 수발을 들어줘야 하는, 그렇다고 등짝도 못 때리는 그런 시간……

집으로 돌아가는 날 아침에는 컨디션이 많이 좋아져서 엄마와 함께 뒷산에 올라갔다. 나도 내 애 돌보느라 힘들지만 엄마도 엄마 애 돌보느라 힘들었겠네. 다람쥐처럼 가뿐하게 산길을 오르는 엄마를 죽을힘을 다해 따라가며 그런 생각을 했지만, 경상도인의 기질상 입 밖으로 꺼내지는 못했다. 대신 엄마에게 오늘은 절대 요리하지 말라고 엄포를 놓은 뒤 배달 앱으로 해물찜을 주문해서, 회사 점심시간에 잠깐 나온 언니와 놀러 온 이모까지 밥상에 둘러앉아 함께 먹었다. 헤어질 때쯤 엄마가 말했다.

"자식은 품 안에 있을 때가 좋지. 너 낳고 지금까지가 눈 깜짝할 새다."

엄마와 엄마의 엄마

아침에 유하를 등원시켜놓고 바쁘게 일하고 있는데 엄마한테서 전화가 왔다. 갑자기 시간이 생겼는데 우리 집에 며칠 놀러 와도 되느냐는 것이었다. 곧장 그러라고 하지 못하고 일정이 적혀 있는 달력부터 확인했다. 늘 그렇듯 당장 급한 무언가가 있다기보다는 하루하루 조금씩 해나가야 하는 일이 대부분이었다.

"어…… 음…… 엄마 있을 때 내가 틈틈이 일을 해야 하는데 괜찮겠어?"

"니 바쁘면 담에 갈게."

"아니야, 그냥 와. 나랑 영화도 보고 카페도 가고 해."

나는 어째서 이럴 때 흔쾌히 즉답하지 못하는 딸인 것

일까. 이 부분은 아무리 나이가 들어도 고쳐지지 않는다. 엄마한테는 내가 우선인데 나한테는 마감이 우선인 것이다. 하지만 이번만큼은 며칠분의 일을 미뤄두기로 했다. 그런다고 지구가 거꾸로 돌지도 않고 인류가 멸망하지도 않는다. 마감이야 어떻게든 되겠지. 이제까지 어떻게든 되지 않았던 적은 없으니까⋯⋯.

엄마가 김치를 담가준다고 해서 고속버스터미널 건물에 있는 마트에서 무와 배추와 새우젓 등등의 식재료를 사서 기다렸다. 앞 차가 사고가 나서 엄마가 탄 버스가 한 시간쯤 늦게 왔고, 나는 어린이집에서 기다리고 있을 유하 때문에 속이 타들어갔다. 오늘은 평소보다 빨리, '송재선 할머니'랑 같이 데리러 가겠다고 약속을 해뒀기 때문이다(우리 집에서는 '친할머니' '외할아버지' 등의 호칭 대신 이름+할머니/할아버지로 부른다).

드디어 도착한 엄마를 얼른 차에 태우고 어린이집으로 달려갔다. 담임선생님에게 듣기로는 유하가 아침부터 송재선 할머니가 올 거라고 자랑을 많이 했다고 한다. 다행히 유하는 왜 늦었냐는 질책 없이 기분 좋게 송재선 할머니의 손을 잡고 하원했다. 집에 와서는 먼저 자신의 신상 장난감을 송재선 할미니에게 한자례 소개하는 시간을 가진 뒤 빙글빙글 돌아가는 개구리 입으로 플라스틱 나비를 튕겨 넣는 게임을 했다. 송재선 할머니는 유하가 성공할 때마다 박수를 치면서 좋아했고, 유하는 의기양양한 표정으로 "저는 이걸 많이 해봤거든요~" 하고 대답했다.

엄마랑 유하가 같이 있는 모습을 보면 나는 늘 기분이 이상해진다. 마치 엄마가 유하를 통해 30여 년 전 어린 나와 보냈던 시간을 복기하는 듯한 느낌을 받는다. 엄마는 유하가 말을 논리적으로 하면 "우리 지수도 말을 요래 똑 부러지게 했지"라고 하고, 유하가 된장찌개를 잘 먹으면 "지수 니도 가리는 것 없이 다 잘 먹었다이가"라고 한다. 마치 엄마 눈에는 유하 안에 깃든 나의 모습이 보이기라도 하는 것처럼 말이다. 유하를 앞에 두고 눈가에 주름이 자글자글하게 잡히게 웃는 엄마를 보니, 내가 어렸을 때도 엄마가 나를 저런 눈으로 봐줬겠구나 싶었다. 그걸 어른이 된 지금의 내가 볼 수 있다는 건 틀림없는 행운이었다.

엄마는 자식들이 사소한 것 하나라도 잘하면 아주 크게 칭찬해주는 사람이었다. 지금 유하가 플라스틱 나비 좀 잘 튕긴다고 박수를 치며 좋아하는 것처럼 말이다. 나는 자라면서 생각보다 내가 되게 별것 아니라는 사실을 깨달아갔고, 그럴 때 엄마의 칭찬을 받으면 어딘가로 도망가거나 사라지고 싶었다. 내 보잘것없는 재주들이 엄마의 큰 칭찬에 어울리지 않아서 창피했다. 엄마는 잘 알지도 못하면서 무턱대고 칭찬만 한다고 생각했다. 그러나 유하를 낳고 길러보니 (조)부모의 칭찬을 굴절 없이 받아들이고 마음껏 의기양양해하는 것도 나름의 효도라는 생각이 든다. 그건 어찌 보면 칭찬해주는 사람의 사랑을 온전히 흡수하는 태도라고도 할 수 있으니까.

엄마는 우리 집에서 지낸 3박 4일 동안 물김치와 깍두기를 담그고, 멸치볶음을 두 통 만들고, 너무 맛있어서 신음 소리가 절로 나는 된장찌개를 끓이고, 탄산수밖에 없는 우리 집 냉장고를 보며 탄식을 하고, 그 사실을 언니에게 전화 걸어 소문내고, 거의 텅 비어 있던 냉장고를 창원에서 가져온 얼린 생선과 명란젓과 과일과 기타 등등의 식재료로 꽉 채우고, 나와 함께 유하를 등하원시키고, 영화를 보고, 카페에 가고, 동네 산책도 하면서 시간을 보냈다.

마지막 날 밤에는 한시적으로 서울에 와서 일하고 있는 아빠를 만나 셋이서 저녁을 먹었는데, 그때 문득 엄마의 엄마(나의 외할머니)는 엄마에게 어떤 엄마였는지 들은 바가 없다는 게 떠올랐다. 이제까지 살면서 한 번도 물어볼 생각을 안 했다는 것도.

주꾸미볶음을 우물거리며 별 기대 없이 물어봤다.

"엄마, 외할머니는 젊을 때 어떠셨어?"

그리고 나는 마치 이 순간을 기다렸다는 듯이 엄마의 입에서 줄줄 흘러나오는 외할머니의 지난한 인생사를 철판의 주꾸미가 다 없어질 때까지 듣게 된다…….

나의 외할머니는 여덟 살 때 어머니(나의 외증조할머니)를 여의고 열두 명의 형제자매가 모두 친척 집으로 뿔뿔이 흩어졌다고 한다. 외할머니도 친척 집으로 보내져 식모나 다름없는 생활을 했다. 그 집 아이들은 모두 학교에 가는데 외할머니만 남아서 빨래며 청소며 설거지를 도맡았다는 것이다. 외증조할아버지는 그런 딸이 눈에 밟혔는지 한 달에 몇 번씩 외할머니를 보러 친척 집에 들렀다. 그 시대의 인텔리이자 공무원이었던 외증조할아버지는 손님을 접대하는 일이 잦았고, 좋은 식당에 가면 음식 맛을 정확히 기억해뒀다가 나중에 친척 집의 부엌에서 외할머니에게 요리법을 가르쳐줬다고 한다. (딱 한 번 맛

본 음식의 조리법을 재현해내다니, 나의 외증조할아버지는 개화기의 백종원이라도 되었던 것인가?)

외할머니는 말띠인데, 말띠 여자는 결혼을 늦게 해야 한다는 당시의 어이없는 속설 때문에 어느 정도 나이가 찰 때까지 기다리다가 첫 부인과 사별한 외할아버지를 중매로 만났다. 외할머니는 외할아버지와의 사이에서 딸 셋, 아들 셋을 낳았고, 당신이 엄마의 사랑을 못 받고 자랐기 때문에 자식들에게는 오로지 사랑만 줬다고 한다. 외할머니는 외증조할아버지의 조기 교육 덕분인지 요리 솜씨가 끝내줬고, 재봉틀도 잘 다뤄서 철마다 자식과 손주들의 잠옷을 지어주시고는 했다. 나와 언니는 초등학생 시절 친구들을 데리고 외갓집에 종종 놀러 갔다. 뒷산에 계곡이 있어서 물놀이하기에 좋았기 때문이다. 그럴 때면 외할머니는 "저번에 테레비에서 봤는데 맛있어 보이데?" 하면서 생전 처음 보는 요리를 척척 해주셨다.

"엄마의 사랑을 못 받고 자랐기 때문에 자식들에게는 오로지 사랑만 줬다."

외할머니에 대한 엄마의 이 설명 속에 작은 기적이 숨어 있는 것 같다. 아마도 세상에는 그 반대의 경우, 즉 엄마의 사랑을 못 받고 자라 자식에게도 사랑을 안(못) 주는 경우가 더 많을 테니까. 그런 외할머니의 큰딸이었던 나의 엄마는, 엄마 표현에 따르면 '외할머니가 일절 시키지 않아서' 김치 한번 안 담가보고 결혼을 했다. 결혼하고 나서도 이불 빨래든 뭐든 힘든 일은 "재선아, 엄마한테 가져와라" 하며 외할머니가 전부 대신 해줬다고 한다.

나는 이 이야기를 들으며 거의 눈물을 쏟을 뻔했는데, 왜냐하면 그것이 엄마가 언니와 나와 남동생에게 베푸는 사랑과 흡사하게 느껴졌기 때문이다. 이를테면 네다섯 시간이나 버스를 타고 딸 집에 왔는데 옷만 갈아입고 바로 부엌으로 들어가 밥솥부터 확인하는 것. 아침에 나보다 먼저 일어나서 유하에게 과일을 깎아 주는 것. 다 큰 자식이 집에서 뒹굴고 있어도 뭘 하라고 시키지 않는 것. 아무것도 바라지 않고 그냥 잘해주기만 하는 것.

나는 엄마의 그런 모습을 K-엄마적 희생으로만 여겨왔고(그래서 내심 불편했고, 제발 그러지 말라고 짜증을 내왔고), 그것도 한편으로는 맞긴 하겠지만, 엄마의 이야기를 듣다 보니 문득 그게 다가 아닐 수도 있겠다는 생각이 들었다. 다른 각도에서 보면 엄마는 외할머니로부터 받은 사랑을 우리에게 이어서 건네고 있었던 것이다. 나는 그 희생의 바탕에 사랑이 있다는 것을 인정하기가 왜 그렇게 힘들었을까? 아마도 나 자신이 그 모든 걸 당연하게 여길까 봐, 그래서 그게 엄마를 착취하는 것으로 이어질까 봐 무서웠던 듯하다. 하지만 그걸 인정한다고 해서 희생이 희생의 의미를 잃는 건 아니다. 받은 사랑을 다른 방식의 사랑으로 돌려주는 방법도 얼마든지 있을 것이다.

이렇게 아련하게 글을 끝맺으면 마치 지금쯤 외할머니가 하늘에서 인자하게 웃으며 엄마와 나를 내려다보실 것 같지만, 실은 아직 멀쩡하게 살아 계시며 우리 집 옷장에는 외할머니가 만들어주신, 고양이 털이 잘 붙지 않는 인견 잠옷 바지가 남편 것 내 것 합쳐서 열 벌쯤 들어 있다…….

그나저나 유하도 나의 외할머니를 만난 적이 있다. 내가 외할머니를 할머니라고 부르자 유하는 놀란 표정으로 "모든 사람한테 할머니가 있어요?"라고 물었다. "유하한테는 외증조할머니야" 하고 가르쳐줬는데, "왜…… 왜증종…… 왜증죠할머니" 하면서 발음하기 힘들어하기에 그냥 '대왕할머니'라고 부르라고 했다. 그랬더니 귓속말로 "다른 사람들은 머리가 까만색인데 대왕할머니는 왜 머리가 하얀색이에요?"라는 것이다.

"사람은 나이가 들면 흰머리가 나는데, 대왕할머니는

나이가 아주 많으셔서 그런 거야."

"우와……."

대왕할머니가 이 세계의 끝판왕쯤으로 느껴졌는지, 그 뒤로 한동안 유하는 내가 페트병 뚜껑을 못 여는 등 힘을 쓰는 일을 못 할 때마다 "아쉽다. 대왕할머니라면 할 수 있었을 텐데" "나이가 많을수록 힘이 세잖아요. 그치요?"라고 말했다. 나는 사람이 흰머리가 나기 시작하면 슬슬 힘이 약해진다는 사실을 일부러 알려주지 않았다. 벌써 그런 걸 알면 사는 게 너무 슬퍼지니까…….

한편 나의 외할아버지는 내가 태어나기 1년 전에 돌아가셨다. 그러므로 나한테는 외할아버지에 대한 기억이 전혀 없다.

나: 엄마, 외할아버지는 어떤 분이셨어?
엄마: 대단한 미남이셨지. 인품도 훌륭하시고.
아빠: (끄덕끄덕)
엄마: 그리고 돼지를 키우셨다.

돼지를 키우는 훌륭한 인품의 미남이라…… 못 만나

본 것이 아쉽네.

엄마는 나와 헤어지기 전에 빵을 사 주겠다며 빵집으로 데려가서 마음껏 골라라, 더 골라라 하더니 계산은 아빠한테 시키고 훌훌 떠났다. 우리 집 냉장고에는 엄마가 담근 물김치와 깍두기가 각각 한 통씩 들어 있다. 하나도 남김없이 다 먹을 것이다.

코시국의 가정 보육 1

유하네 어린이집이 폐쇄됐다. 영양사 선생님이 감기로 결근하셔서 딱 하루 대신 오신 분이 그날 저녁 확진 판정을 받은 것이다. 나는 유하를 등원시키러 갔다가 어린이집 현관에서 그 소식을 들었다. 확진자가 나오면 2주씩 시설이 폐쇄되니 눈앞이 캄캄했다. 절망감에 휩싸여 밖으로 나오자 사랑이 엄마와 의준이 엄마가 보였다. 유하와 사랑이, 의준이는 3년째 같은 어린이집을 다니고 있어서 그 엄마들과도 등하원 때 종종 마주치긴 했지만 간단한 인사 정도만 나누던 사이였다. 난감한 표정으로 서 있는 두 사람을 보자 촉이 왔다. 번호를 얻으려면 바로 지금이다!

내향인의 빈약한 사교성 주머니를 최대한 쥐어짜며 슬금슬금 접근했다. "우리 서로 연락처라도 교환할까요……?" 두 엄마가 선선히 고개를 끄덕이기에 휴대폰을 꺼내려고 호주머니에 손을 찔러 넣었는데 텅 비어 있었다. 아뿔싸, 차에 두고 온 것이었다. 사랑이 엄마도 차에 두고 왔다고 해서 의준이 엄마 휴대폰을 빌려 각자의 것으로 전화를 걸어두었고, 나중에 연락해 상황을 공유하기로 하고 헤어졌다.

집에 와보니 부재중 전화 기록이 없었다. 내 휴대폰이 지하 주차장에 있어서 전파가 닿지 않았나? 아니면 내가 아까 신호가 가기 전에 전화를 끊었나? 난감하기보다 외로운 마음이 먼저 들었다. 나와 똑같은 상황을 겪고 있는 육아 동지와의 연대가 절실했는데, 겨우 손에 넣은 얇은 지푸라기가 끊어진 느낌이었다.

일단은 부서진 멘털을 억지로 수습해, 동영상을 보는 유하 옆에서 노트북을 펴고 일을 조금 했다. 아이와 그 동거인은 모두 PCR 검사를 받으라고 안내받았는데, 재택근무 중인 남편이 오전에 줌 회의를 한다고 해서 검사는 오후에 받기로 했다. 점심을 먹고 치우자 의준이 엄마한테서 나의 연락처를 공유받은 사랑이 엄마로부터 메시지가 왔다. 어찌나 안심이 되던지 메시지 말풍선에서 번쩍번쩍 빛이 나는 것 같았다. 사랑이는 벌써 검사를 받았는데, 선별진료소 줄이 무척 기니까 기다리는 시간에 볼 것을 챙겨 가라고 했다. 역학조사 결과 자가 격리를 안 해도 되는 상황이면 공동육아를 하자는 제안도 해줬다. 죽으라는 법은 없다는 게 바로 이런 경우인가?

오후에 드라이브스루 선별검사소에 갔다. 평일인데도 줄이 까마득하게 길었다. 차에서 유하에게 상황을 설명하고, 씩씩하게 검사를 잘 받으면 킨더조이 초콜릿을 사주기로 약속했다. 사랑이 엄마의 조언을 듣고 챙겨 간 책을 보며 두 시간 가까이 기다린 끝에 겨우 우리 차례가 왔다. 유하는 PCR 검사가 처음이라 그런지 순순히 창문 너머로 얼굴을 내밀었지만, 면봉이 코를 찌르자 깜짝 놀라며 엉엉 울었다. 그래도 생각보다는 금방 진정해서 다행이었다.

그날 저녁, 팔을 뒤로 짚고 앉아서 놀던 유하가 갑자기 소리를 지르며 울음을 터트렸다. 봤더니 오른팔이 축 늘어져 있었다. 팔이 빠진 것이다. 전에도 어린이집에서 놀다가 이랬던 적이 있어서 바로 알아봤다. 그러나 역학조

사 결과가 아직 나오지 않아서 유하가 격리가 필요한 밀접접촉자인지 아닌지 알 수 없었다. PCR 검사 결과도 다음 날 아침에야 나오는 상황이었다. 어린이집에 전화를 걸어보니 보건소에 문의해보고 알려주겠다 했지만 그 사이에도 유하는 고통에 찬 비명을 지르고 있었다. 가만히 있을 수가 없어서 119에 전화해 의료 상담을 신청했다. 상담자에게 상황을 설명했는데 병원에 가도 된다는 건지 안 된다는 건지 안내가 혼란스러웠다. 우왕좌왕하던 중 보건소에서 연락이 왔다. 다행히 유하는 밀접접촉자가 아니라고 했다. 평소처럼 병원에 가도 된다기에 서둘러 소아 응급실이 있는 동네의 대학병원으로 향했다.

유하는 울다 지쳐 땀을 흘리며 축 늘어져 있었다. 팔을 잘 받쳐주면 아파하지는 않아서 남편과 내가 번갈아 받치고 있었는데, 교대할 때마다 자극이 가는지 소리를 질렀다. 한 시간이 훌쩍 넘도록 기다린 끝에 진료실에 들어갔다. 의사는 익숙한 손길로 유하의 팔꿈치 관절 부분을 잡고 두세 번 좌우로 돌린 뒤 한번 들어보라고 말했다. 축 늘어져서 들어 올리지 못했던 유하의 팔이 마법처럼 위로 쑥 올라갔다. 유하는 이제 아프지도 않다고 했다. 선생님, 혹시 기적을 행하신 건가요? 지난번에 팔이 빠졌을 때는 2주 동안 팔걸이를 하고 다녔는데 이번에는 그럴 필요도 없다고 했다. 불행 중 다행이라며 가슴을 쓸어내리면서 병원을 나섰지만, 혹시라도 유하가 확진됐는데 나돌아 다닌 것일까 봐 다음 날 아침 PCR 결과 문자를 받기 전까지 마음을 놓을 수 없었다.

집에 와서 옷을 갈아입히고 침대에 눕히자 유하는 금세 규칙적인 숨소리를 내며 잠들었다. 하루 동안 많은 일을 겪은 유하의 잠든 얼굴을 가만히 바라봤다. 오늘의 난리가 마치 꿈인 것처럼 평화로운 표정이었다. 일전에 번역한 미야모토 테루의 『생의 실루엣』 중 한 구절이 떠올랐다.

"뭐가 어찌 되건 간에, 대단한 일은 없어."

코시국의 가정 보육 2

사랑이 엄마가 유하와 나를 회사로 초대해줬다. 사람 없는 넓은 공간을 혼자 쓰고 있으니, 어린이집이 폐쇄되어 있는 동안 거기서 함께 공동육아를 하자는 것이었다. 아들 친구 엄마네 회사 방문이라……. 왠지 긴장돼서 평소에 안 하는 화장까지 해버렸다. 갔더니 학교 교실의 두 배쯤 될 듯한 공간에 여러 가지 놀거리들이 있었다. 사랑이 엄마 회사는 교육 관련 스타트업 기업이고, 팀원들은 재택근무 중이라고 했다.

어린이집의 또 다른 친구인 보미와 보미 엄마, 보미 동생 수호도 와 있었다. 보미는 아빠와 등하원을 해서 그 엄마를 만나는 것은 처음이었다. 의준이네는 일이 있어

아쉽게도 못 왔다고 한다. 친구를 만난 아이들이 신나서 뛰어다니는 동안 어른 셋은 하얗고 길쭉한 사무실 책상에 둘러앉았다.

"저기, 성함이 어떻게 되시는지……?"

또다시 내향인의 사교성 주머니를 쥐어짰다. '누구 엄마'라고 하기보다 이름을 부르고 싶었다.

"앗, 그러고 보니 우리 아직 이름도 모르네요. 저는 김강미(사랑이 엄마)예요."

"저는 임나영(보미 엄마)이에요."

나이는 두 살씩 차이가 났는데 내가 가장 많고 나영 씨가 가장 어렸다. 강미 씨와 나영 씨는 그 자리에서 나를 언니라고 부르기로 했다. 두 사람의 얼굴을 보는데 이상하게 마음이 편해지고 웃음이 났다. 육아는 신기한 것이다. 같은 또래의 아이를 키운다는 이유로 경계심이 완전히 풀어지고, 낯선 사람에게도 전우애를 느끼게 된다.

우리는 배달 앱으로 주문한 커피를 마시며 놀고 있는 아이들을 구경했다. 유하가 어린이집 친구들과 어울리는 모습을 실시간으로 직관(?)할 수 있는 드문 기회였다. 아이들은 뜬금없이 싸우기도 하고, 또 금세 화해도 하며 그 공간을 누볐다. 하루 동안 관찰해보니 친구들의 특성이 보였다. 보미는 셋 중 가장 차분한 아이다. 어른들 말을 잘 들어주고, 장난감 하나를 두고 경쟁하는 일이 생기면 곧잘 양보한다. 피곤하면 구석에서 혼자 조용히 쉰다. 사랑이는 등원할 때 엄마 품에 안겨 떨어지지 않으려 하는 모습을 자주 봐서 얌전하고 내성적인 타입인 줄 알았는데 의외로 장난꾸러기였다. 유하와는 "어머나?" "어머나 아아?" 하는 둘만의 신호를 주고받으며 깔깔거렸다. 다정하고 섬세한 면모도 있어서 친구들이 넘어지거나 어딘가에 부딪혀 아프다고 하면 구급상자를 꺼내 왔고, 유하가 위험하게 복도를 내달리면 얼른 달려가서 붙잡아 줬다.

숨바꼭질, 무궁화꽃이 피었습니다, 보물찾기, 강미 씨가 미리 재료를 준비해둔 글라스데코까지 하며 알차게 하루를 보냈다. 물론 중간중간 포켓몬과 타요(동영상)의 도움도 받았다. 어른들의 커피 쿨타임이 찼기에⋯⋯. 저녁에 집에 가려고 차에 태우자마자 유하는 쌕쌕거리며 잠이 들었다.

그다음 주에는 친구들이 우리 집에 놀러 왔다. 사랑이

와 보미는 낯설어하는 기색 없이 유하의 장난감 장에서 소꿉놀이 세트를 찾아내 놀기 시작했다. 수호에게는 유하가 서너 살 때 잘 가지고 놀았던 장난감 자동차들을 꺼내 줬다. 유하는 신이 나서 소리를 지르며 두 여자 친구의 주위를 뛰어다녔다. 이 광경, 분명 처음 보는 것이지만 낯설지 않다. 내가 번역한 사노 요코의 『자식이 뭐라고』(원제는 '내 아들은 원숭이였다'이다)에 비슷한 장면이 나왔던 것이다. 사노 요코의 아들 '겐'과 그 친구 '두더지 불알'은 같은 반 여자애 '다니바타'를 좋아한다. 어느 날 겐은 두더지 불알과 자기 집에서 놀다가 다니바타를 부르는데, 두 남자애는 자신들이 다니바타를 초대했으면서 같이 놀지는 않고 소파에서 괴성을 지르며 점프하거나 방 안을 빙글빙글 뛰어다니기만 한다. 사노 요코는 그 모습을 보고 원숭이 같다고 표현했다. 한데 그 원숭이를 우리 집에서도 보게 될 줄이야.

나영 씨가 말했다.
"이상하게 그날 이후로 언니들 생각이 자꾸 나더라고요."
강미 씨와 나는 고개를 끄덕이며 맞장구를 쳤다.

"저도 그랬어요. 두 분이 보고 싶더라고요……?"

알고 보니 우리 셋은 모두 학창 시절 H.O.T.의 팬이었다. 그것도 셋 다 문희준의……. 강미 씨는 그 시절 아는 사람을 통해 방송국 대기실에도 여러 번 들어가봤는데, 거기서 가수 A와 B가 남몰래 스킨십을 하는 장면을 목격하기도 했단다. "헐, 진짜 그랬어요?" 하면서 뒤늦게(한 22년쯤 늦게?) 꺅꺅거리는 나영 씨와 나. 이런 이야기를 더 하기 위해(?) 다음에는 애들 빼고 우리끼리 만나기로 결의했다.

점심은 족발을 시켰다. 우리 집의 좁은 4인용 식탁에 어린이 넷과 어른 넷이 둘러앉았다(재택근무 중이던 남편이 합류했다). 그리고 누가 먼저랄 것도 없이 다 함께 달려들어 순식간에 포장을 뜯고 그릇을 세팅하고 김 가루로 주먹밥을 만들고 어린이들에게 줄 고기를 잘라서 접시에 나눠 담았다. 육아인들끼리 모이면 대체로 이런 효율성이 발생한다. 다들 어린이의 배를 먼저 채워놔야 한다는 점을 아는 것이다. 그래야 우리끼리 나중에 편하게 먹으니까…….

어린이들은 의외로 족발을 잘 먹는데, 그중에서도 말랑하고 쫀득한 부분을 특히 좋아한다. 그 젤라틴이 가득

한 부위를 아이들에게 양보하고 어른들은 살코기로만 배를 채운 뒤 식기를 후다닥 정리했다.

오후가 되자 아이들이 슬슬 피곤해하기에 낮잠 이불 세 개를 매트 위에 깔고 블루투스스피커로 자장가를 틀어줬지만 역시나 아무도 자지 않았다.

유하가 짜증을 내면서 잠투정을 부리자 보미가 말했다.

"그건 너 안에 괴물이 들어와서 그래."

그러자 유하가 "나 괴물 아니야아아~"하며 울음을 터트렸다. 보미는 어휴, 하는 표정을 짓더니 또박또박 설명했다.

"아니, 너가 괴물이란 게 아니라, 너가 졸리면 괴물이 몸속에 들어가서 짜증이 나는 거라구."

그 말에 유하는 울음을 그쳤지만 보미의 말을 완전히 이해하지는 못한 표정이었다.

저녁에 헤어질 때 사랑이는 집에 가기 싫다고 엉엉 울었다. 보미는 의젓하게 겉옷을 입고 내가 아까 그려준 자기 얼굴 그림을 소중하게 챙겨 들었다. 유하는 우는 사랑이에게 "그럼 내 집에서 같이 목욕도 하고 잠도 잘래?"라고 다정하게 제안하더니만, 정작 친구들이 신발을 신을 때는 인사도 하는 둥 마는 둥 거실로 휙 돌아가버렸다.

　나중에 셋이 나란히 식탁에 앉아 간식을 먹을 때 찍은 사진을 봤더니, 사랑이가 예쁘게 꽃받침 포즈를 취하고 있으면 유하가 손으로 자기 얼굴을 찌부러트리고 있고 보미는 케이크 상자 장식 끈으로 눈을 가리고 있는 등 셋 다 잘 나온 사진이 수십 장 중 단 한 장도 없어서 혼자 웃었다.

건강하고 행복해야 해

보미네 가족이 1년 동안 제주도에서 살게 되었다. 이별하기 전에 추억을 만들어주고 싶어서 사랑이와 보미를 우리 집에 초대했다. 두 친구가 놀러 올 거라고 미리 알려줬더니 유하는 약속한 시각 30분 전에 스스로 유튜브를 끄고 식탁 의자며 쿠션들을 한구석으로 치우기 시작했다. "오싹오싹 귀신 집을 만들 거예요"라고 했는데 유하 나름의 손님맞이 준비인 모양이었다(지난번에 친구들이 왔을 때는 동그란 종이 딱지를 벽과 방문에 붙이며 "집을 장식하는 거예요"라고 했다).

어린이집에서 받아 온 공룡 초콜릿이 딱 하나 남아 있었는데, 유하는 아침부터 그걸 사랑이와 보미에게 나눠

서 주겠다고 여러 차례 말했다. 그리고 친구들이 도착하자마자 "초콜릿 먹을래? 반씩 나눠 줄게"하며 뒤를 졸졸 따라다녔다(웰컴 초콜릿이라, 손님 접대가 제법 세련됐군). 하지만 손 씻느라 부산했던 아이들은 유하의 말을 듣지 못했고, 초콜릿은 웰컴의 역할을 완수하지 못한 채 쓸쓸히 남겨져서 내가 나중에 (몰래) 먹어 치웠다.

점심때가 되어서 아이들에게 또 족발을 시켜줬고, 다 먹은 뒤 후식으로 초코아이스크림을 꺼냈다. 보미는 초코아이스크림이 싫다고 해서 우선 유하와 사랑이한테만 오목한 그릇에 아이스크림을 퍼 줬다. 그런 다음 무심코 "보미한테 예쁜 접시에 케이크 줘야지~"하며 크리스마스트리가 그려진 빨간 접시에 케이크를 담아 줬는데, 그 말이 화근이었다. 애들이 "나도! 나도 예쁜 접시!"하며 싸우기 시작한 것이다. 다른 접시를 서둘러 꺼내 주자 사랑이는 진정이 됐는데 흥분한 유하는 자기 접시를 집어 친구들 쪽으로 던져버렸다. 플라스틱 접시라서 위험하지는 않았지만, 플라스틱이든 뭐든 간에 식탁 위에서 접시를 던지는 행동은 용인할 수 없다.

아이가 남들 앞에서 난폭한 행동을 하거나 생떼를 쓰면 보호자는 진땀이 난다. 마치 나의 양육 방식이 잘못되

었다고 만천하에 까발려지는 느낌이다. 그러나 부끄러움
이나 당혹감에 잠겨 있기만 해서는 아무것도 해결되지
않는다. 훈육은 타이밍이다.

일단은 유하를 데리고 방으로 들어가 씩씩거림이 진
정될 때까지 기다렸다. 평소에는 쳐다보지도 않던 접시
(켈로그 콘플레이크 사은품이었다……) 때문에 이렇게까지
속상해할 일인가 싶었는데, 유하도 자기가 잘못한 건 아
는지 내 눈을 똑바로 못 보고 딴청을 피워댔다.

"유하야, 화가 난다고 접시를 던지는 건 잘못된 행동
이야. 친구들이 다칠 수도 있었잖아. 친구들한테 가서 사
과해줄 수 있어?"

"으응, 엄마가 대신 해줘."

"사과는 누가 대신 해줄 수 없는 거야. 정 힘들면 유하
가 사과할 때 엄마가 옆에 있어줄게."

한참을 타이른 끝에 유하가 드디어 사과할 결심을 했
다. 식탁 쪽으로 가서 내 등 뒤에 숨은 채 모기만 한 소리
로 "친구들아…… 접시 던져서 미안해……"라고 웅얼거
렸다. 사랑이는 생긋 웃으며 "괜찮아~"라고 했고, 보미
는 "성유하, 뭐라는지 하나도 모르겠네" 하며 쿨하게 케
이크를 계속 먹었다. 누군가에게 사과를 했을 때 그것이

받아들여지는 경험, 또 누군가가 자기에게 사과했을 때 그것을 너그럽게 받아주는 경험이 유하에게 더 많이 쌓이면, 그때는 엄마 등 뒤에 숨지 않겠지. 내가 조바심 내지 않아도 저절로 그렇게 되겠지만.

어린이들은 이번에도 낮잠을 자지 않았다. 어른들이 커피를 마시는 동안 사랑이와 보미는 소꿉놀이를 했고, 유하는 또 원숭이에 빙의해 소파 위에서 풀쩍풀쩍 뛰며 혼자만의 흥취에 빠져 있었다. 함께 발레 수업을 듣고 온 두 여자친구가 나풀거리는 옷을 입고 딱 붙어 앉아 있는 뒷모습을 지켜보던 강미 씨가 갑자기 눈물을 글썽거렸다.

"사랑이가 저렇게 마음을 여는 친구가 잘 없거든요."

1년은 어른의 달력으로는 금방이지만 아이들에게는 영원처럼 긴 시간일 수도 있다. 그동안 유하가 사랑이 곁에서 보미의 빈자리를 잘 채워주면 좋으련만, 미니 선풍기가 달린 캡 모자에 정신이 팔려서 자기 손님들을 내팽개치고 혼자 신나버린 원숭이에게 과연 그런 섬세함이 있을까…….

유하에게는 전날 밤부터 보미랑 오랫동안 못 만날 테니 하고 싶은 말을 생각해놓으라고 일러뒀다. "건강하라거나, 잘 지내라거나, 그런 거 말이야." 내가 그렇게 말할 때는 듣는 척도 안 하고 블록 놀이만 하던 유하였는데, 저녁이 되어 헤어질 시간이 다가오자 문득 생각이 났는지 보미 손을 잡아끌고 자기 방으로 갔다. 거기서는 집에도 가기 싫고 보미랑 헤어지기도 싫다며 우는 사랑이를 강미 씨가 달래고 있었는데, 유하는 그러거나 말거나 "여기 있는 사람 모두 나가주세요!"라고 외쳤다. 어째서인지 사람 없는 곳이 필요했던 모양이다.

그 상황을 지켜보던 남편이 화장실 앞에 아무도 없다고 알려줬다. 그러자 유하는 그리로 보미를 데려갔고, 어른들이 안 보이는 위치에 꼭꼭 숨어서 뭐라고 속닥거렸다. 벽에 바싹 붙어 귀를 쫑긋 세우고 유하의 말을 훔쳐들은 남편의 제보에 따르면 "건강하고 행복해야 해"라고 했다 한다. 설거지를 하던 나는 그 이야기를 듣고 눈물이 터져버렸다. 꼭 그렇게 다시는 못 만날 것처럼 아련하게 인사해야만 했냐……. 오늘은 어른들이 우는 날이로군.

유하는 이번에도 현관에서 친구들과 헤어질 때 건성으로 손을 흔들더니 뒤도 안 돌아보고 휙 들어가버렸다. 그새 울음을 그친 사랑이가 아이스크림을 사서 집에 간다고 해서, 배웅도 할 겸 내가 따라나섰다. 보미와 나영씨도 함께 갔다. 보미 손을 잡고 마트로 걸어가며 제주도

집에 초대해줄 거냐고 물었더니 "당연하죠. 이모랑 성유하는 언제든지 와도 돼요"라고 했다. 이때는 몰랐지만 그로부터 석 달 뒤 우리 가족은 보미네 가족을 만나러 제주도에 진짜 갔고, 바다가 보이는 보미 집에서 낮에는 공동육아를 하고 밤에는 애들을 재워놓고 술판을 벌이며 잊지 못할 시간을 보냈다. 같은 나이의 아이가 있다는 것 말고는 공통점이 거의 없는 어른 넷(그리고 미취학 아동 셋)이서 4박 5일 동안 그렇게 즐겁게 놀 수 있다니 놀라운 일이었다. 유하를 통해 내 좁은 세계가 조금씩 넓어져가는 것을 느낀다.

보미가 떠난 다음 주 월요일, 등원 길에 차창 밖의 자동차들을 구경하던 유하가 불쑥 말했다.

"엄마, 보미 차 번호 물어봤어요?"

"아니? 차 번호는 왜?"

"그걸 알아야 내가 보미 차를 따라가지요."

"차가 유하보다 빠를 텐데?(그리고 보미는 비행기 타고 갔는데?)"

"빨간불 되면 차가 멈추잖아요. 그때 얼른 뛰어가면 돼요!"

유하의 사랑

　유하는 애정 표현을 잘하는 아이다. 말 못 하는 아기 시절에는 어른들이 "유하야 사랑해~"하면서 머리 위로 하트를 그리면 한 손을 이마에 착 붙이는 것으로 화답했다. 팔이 짧고 머리가 커서 두 손이 머리 위에서 만나는 하트를 만들 수 없었던 것이다……. 그 와중에 송재선 할머니가 경상도 사투리로 "유하야, 사＼랑／해—" 하면 무반응으로 일관했던 게 가족들의 큰 웃음 포인트였다. "하이고, 서울 머시마라꼬 끝을 엥간히 올려야 알아듣는갑네. 사／랑＼해／" 하면 그제야 손을 이마에 붙이곤 했다(정확히 말하자면 경기도 머시마지만……).

　말문이 트여 처음으로 사랑을 말로 표현한 것은 2019년

6월 3일이었다. 어째서 날짜까지 정확히 아는가 하면, SNS에 중독된 현대인답게 비공개 인스타에 다음과 같이 기록해 뒀기 때문이다.

유하가 어제 처음으로 나에게 "상해(사랑해)"라고 말 했다. 낮잠 너무 안 자서 두 시간 동안 재우다가 내가 울 고 싶어졌을 때 일어난 일.

이날 이후 지금까지 유하는 실로 다양한 방식으로 나에게 사랑을 표현하고 있다. 세 살 때는 조르바가 오줌을 싸서 치우고 왔더니 다리에 찰싹 달라붙으며 "엄마, 업터져서 탸쟈써(없어져서 찾았어). 엄마, 마니마니 상해"라고 했고, 네 살 때는 아빠랑 등원하러 주차장까지 갔다가 집으로 되돌아와서 "(아까) 엄마한테 타랑해 안 해써. 타랑해"라고 말했다. 다섯 살부터는 스케일이 확장되어 지구보다, 태양보다, 우주보다 더 크게 엄마를 사랑한다고 말하기에 이르렀다. 가끔 "엄마가 유하를 더 사랑하는데?"라고 하면 버럭 화를 내면서 "아니거든? 내가 엄마를 더, 더, 더, 제일 제일 사랑하거든?"이라고 한다. 이것은 참된 사랑꾼인가, 아니면 그저 지는 것이 싫은 타고난

배틀러인가…….

　세 살 때 언젠가는 안방에서 잠깐 쉬고 나온 나에게 흐물흐물한 실리콘 뚜껑으로 감싸 고무 밴드로 묶은 청포도를 의자 뒤에서 꺼내더니 선물이라며 주었다. 남편 말에 따르면 엄마 나오면 같이 먹을 거라고 숨겨뒀단다. 내가 없던 한 시간 동안 몇 번이나 먹고 싶어 했지만 끝까지 참았다는 것이다. 이 작은 몸에 어쩌면 이렇게 큰 사랑이 들어 있을까. 폭풍 칭찬해주고 꼭 껴안아준 뒤에 "같이 먹으니까 더 맛있네?"하며 미지근해진 청포도를 유하와 함께 냠냠 나눠 먹었다.

　'내리사랑(손윗사람이 손아랫사람을 사랑함)'은 흔하게 쓰이는 말이지만 '치사랑(손아랫사람이 손윗사람을 사랑함)'은 단어 자체가 낯설다. 나도 아이를 낳기 전에는 자식을 향한 부모의 사랑이 그 역방향의 사랑을 가뿐히 압도할 거라고 생각했다. 그러나 이제는 아이가 부모에게 주는 사랑이 그 어떤 사랑과도 다르다는 것을 안다. 자신의 원가족이나 배우자와의 관계, 친구들, 일, 취미 생활 등의 구성 요소가 복잡하게 얽혀 있는 부모의 세계에서 자식은 1순위를 차지할 수 있을지언정 전부가 될 수는 없다. 반면 아이가 어리면 어릴수록 그 아이에게는 부모가 세상의 (거의) 전부다. 아이한테도 어린이집이나 유치원 등의 사회생활이 있긴 하지만, 부모가 차지하는 비중에 비할 바는 못 된다. 그러므로 아이가 부모에게 주는 사랑은 그 순도가 한없이 높을 수밖에 없다. '더 많이 사랑했다가 상처받으면 어떡하지' '나한테 질리면 어떡하지'와 같은 걱정이나 계산, 밀당 없이 앉으나 서나 찰싹 달라붙고, 부모가 눈에 안 보이면 큰 소리로 부르고, 떨어져 있기 싫다고 울고, 밥 먹다가 뜬금없이 팔을 꼭 껴안으며 사랑한다고 말한다. 장난으로 죽은 척을 하면 3초 만에 눈물을 뚝뚝 떨어트리며 외친다. "엄마, 다시는 그런 장난 하지 마!" 살면서 누군가에게 이런 사랑을 받아본 적이 있었던가? 세상에서 나를 가장 사랑해주는 사람을 내가 만들어낸 기적.

다섯 살 생일을 맞이해 강원도에 놀러 갔을 때, 유하가 예쁜 나뭇잎을 세 개 주워서 두 개는 자기가 가지고 하나를 나에게 줬다. 잠시 들고 다니다가 손이 불편해서 화장실 휴지통에 버렸는데(그때쯤 유하가 잊었을 거라고 생각했다), 차에서 갑자기 "엄마, 내가 준 잎사귀는?" 하고 묻는 것이다. "이, 그게…… 어니 갔지? 없어졌네?" 하며 당황

했더니 "엄마랑 나랑 커플이었는데!" 하면서 엉엉 울기 시작했다. 평소에는 삐져도 곧 풀리는데, 그날따라 아무리 열심히 사과해도 받아주지 않고 눈물이 그렁그렁 맺힌 눈으로 "엄마는 못 말려"라는 말만 반복할 뿐이었다. 한쪽 손에는 자기 몫의 잎사귀 두 개를 여전히 꼭 쥐고 있었다.

하지만 유하는 언제나 그랬듯이 결국 나를 용서해줬다. 점심을 먹으러 들어간 식당에서는 기분이 완전히 풀려서 내 팔을 꼭 껴안고 마스크 위로 뽀뽀를 해주기도 했다. 나는 그 매번의 용서에 나에 대한 유하의 사랑이 포함되어 있음을 안다. 용서도, 사랑도, 당연하게 여기지 않을 것이다.

유하의 말 3
사랑 표현

(어느 날 아침 일어나자마자)

엄마, 우리 서로 사랑하기로 약속하자.

(내 방에서 야근하는 나에게 와서)

유하: 엄마, 같이 (거실로) 나가자.

나: 엄마 일 조금만 더 하고 갈게.

유하: (내 다리에 얼굴을 묻으며) 이렇게 사랑하는데도?

(밥을 먹다가 갑자기)

유하: 난 엄마랑 아빠만 사랑해.

나: 친구들이랑 선생님은?

유하: 어린이집에서는…… 사랑이 잘 안돼.

(밤에 침대에 나란히 누워 있을 때)
엄마랑 같이 자다니 꿈만 같아. (#맨날같이잡니다 #오해금지)

(뽀뽀 인심이 야박한 유하에게)
나: 유하가 뽀뽀를 안 해줘서 엄마 삐졌어.
유하: 삐지지 마! 난 영원히 사랑해! 으아앙~~(눈물 뚝뚝)

(자고 일어나서 얼굴이 부은 유하에게)
나: 유하 얼굴 부었네! 엄마도 얼굴 부었어?
유하: 엄마는 얼굴이 부어도 예뻐.

(내 안경을 자꾸 벗기는 유하에게)
나: 유하야, 엄마 안경을 왜 자꾸 빼?
유하: 엄마는 안경 벗는 게 더 예뻐.

유하: 엄마, '연속적'이 뭐예요?

나: 끝없이 이어지는 거야.

유하: 나는 엄마를 연속적으로 사랑해.

유하: 엄마, 나는 (집에서) 놀이하다가도 엄마가 보고 싶을 때가 있어.

나: 유하는 그럴 때 어떻게 해?

유하: 음, 보러 가!

(어린이집에 데리러 갔더니 나를 보자마자 "엄마 사랑해~" 하며 개다래나무 향을 맡은 고양이처럼 바닥에서 뒹구는 유하를 보고)

원장 선생님: 어머, 유하는 표현을 너무 잘하네. 아버님이 스윗하신 편인가요?

나: 아뇨, 제가 스윗한 편인데요. (#일동침묵)

유하: 엄마, 떠나지 마.

나: 유하야, 왜 자꾸 떠나지 말라고 해? 엄마가 떠날 거 같아?

유하: 응.

나: 엄마는 유하가 엄마 필요 없다고 할 때까지 절내

안 떠날 거야. 어른이 될 때까지 계속 같이 있는 거야.

　(며칠 뒤)

　유하: 엄마, 그럼 유하가 어른 되면 떠나는 거야?

　나: 유하가 원하면 계속 같이 있을 거야.

　(또 며칠 뒤)

　유하: 엄마, 나는 엄마가 필요 없어지지 않아. 영원히
필요해.

　(길을 걷다가 LED 등에 대고 소원을 빌자기에 "엄마는 유하
가 평생 건강하고 행복하게 지내는 거" 했더니)

　난 엄마가 날 평생 사랑하는 거. 그리고 내가 말할 때
마다 엄마가 웃는 거.

　나는 엄마를 너무 사랑해서 우주 밖으로 날아갈 것 같
아. 내 마음속에는 엄마가 영원히 있을 거야.

　(자기 전 내 목을 꼭 껴안으며)

　엄마한테서는 좋은 냄새가 나. 꿈같은 냄새야.

　(#화장품냄새)

유하: 아빠랑 엄마랑 결혼했으면 유하는 누구랑 결혼해?

나: 유하는 엄마랑 결혼하고 싶어?

유하: 응. 유하는 엄마랑 짝꿍하고 싶어.

나: 우리 셋이 짝꿍하는 건 어때?

유하: (울먹거리며) 선생님이 짝꿍은 둘이라고 했는데……. 엄마, 엄마 짝은 유하라고 해주세요.

나: 그래~ 그렇게 할게.

(며칠 뒤)

유하: 엄마, 아무도 우리처럼 사랑할 수 없어. 우린 짝꿍이니까.

(어느 날 밤 자기 전에)

유하: 엄마는 내가 태어났을 때부터 사랑했어요?

나: 태어나기 전부터 사랑했지. 그리고 1년, 2년이 지날수록 더 사랑하게 됐고.

유하: 나는 태어났을 때는 엄마를 하나~도 사랑하지 않았는데, 한 살 때 조금 사랑하고, 두 살 때 더 사랑하고, 지금은 엄마보다 내가 엄마를 더 사랑해.

(내 베개를 베고 내 옷을 껴안으며)

나는 엄마 베개도 좋고, 엄마 옷도 좋고, 엄마의 모든 게 다 좋아. 그건 내가 엄마를 좋아하기 때문이야.

나: 유하야, 큰일이다. 엄마는 유하가 너무 예뻐서 계속 계속 보고 있고만 싶어.

유하: 잘 때 옆에서 자면 되겠다. 그럼 보고 싶을 때 눈 뜨면 언제든 볼 수 있잖아.

유하: 엄마, 어른들은 나이를 먹으면 기억을 잘 못하게 되니까 우리들이 에너지를 많이 모아둬야 한대요.

나: 엄마가 할머니가 돼서 기억을 잘 못하면 어떡하지?

유하: 그럼 내가 엄마를 더 많이 많이 사랑해줄 거야.

나: 엄마는 유하를 너무너무 사랑해서 온 우주를 다 준다고 해도 유하랑은 안 바꿀 거야.

유하: 엄마, 그런 말 이제 안 해도 돼요. 엄마가 매일매일 얘기해줘서 유하도 잘 알거든요.

엄마, 내가 용서해줄게요

또 등원 거부가 시작되었다. 등원 거부의 양상은 다양하다. 우리 아파트 단지 안의 가정 어린이집에 다닐 때는 그 짧은 거리를 거의 한 시간 동안 빙빙 돌아갔고, 세 살부터 다섯 살까지 다닌 어린이집의 경우에는 지하 주차장에서 지상으로 올라가는 계단을 서너 번씩 왕복하며 현관에 절대 들어가지 않으려고 버텼다. 보미, 사랑이, 의준이와 함께 옮긴 현재의 어린이집은 현관에 들어가긴 하는데 다른 보호자나 발열 체크를 하는 선생님에게 "쳐다보지 마!" 하고 소리를 지르며 신발장 앞 벤치에 누워버린다. 왜 쳐다보지 말라는 건지는 모르겠지만 선생님이 "유하는 가방이랑 신발만 왔네?" 하며 투명 인간

취급을 해주어야 후다닥 들어간다. 어린이의 마음이란 참 어렵네…….

그래도 친구들이랑 노는 건 재밌는지 지난주까지만 해도 늦게 데리러 오라고 했었는데, 이번 주는 또 빨리 오라고 난리다.

"엄마, 오늘은 유하가 등원하자마자 데리러 와요. 아니면 점심 먹고 낮잠 자고 일어났을 때 데리러 와요."

엄마는 일을 해야 해서 그렇게 일찍 가기는 어렵다고 차근차근 설명했는데도 요지부동이다. 코시국의 잇따른 어린이집 폐쇄로 인해 일이 잔뜩 밀려버린 엄마의 사정이야 자기 알 바 아니고, 무조건 빨리 데리러 오라는 것이다. 긴 실랑이 끝에 평소보다 한 시간 일찍 가기로 타협했다. 산책도 하고 놀이터에도 가기로 약속했다. 손에 불이 나게 오늘의 작업량을 채우고 약속한 시각에 맞춰 부리나케 달려갔더니 유하가 반달눈을 하고 뛰어나왔다.

"우와, 진짜 빨리 왔네!"

"그럼, 엄마가 유하랑 한 약속 지키려고 엄청 열심히 일했지."

뿌듯한 마음으로 유하를 차에 태우고 얼른 집으로 와

서 주차를 했다. 미리 봐둔 새로운 놀이터가 우리 단지 건너편에 있는데, 어두워지기 전에 그리로 데려가 놀아주고 싶었다. 그런데 유하에게는 다른 계획이 있었다. 어린이집 쪽으로 걸어가서 그 근처 놀이터에서 놀자는 것이었다.

응? 그럴 거면 굳이 집까지 오지 말고 어린이집에서 바로 그 놀이터로 갔으면 됐잖아? 그리고 내가 알기로 그 근처에는 놀이터가 없는데?

하지만 오늘 오후 내 시간은 유하의 것이다. 떠오르는 의문들은 꾹 삼키고, 자기만 믿고 따라오라고 말하는 작은 인간의 작은 손이 이끄는 대로 정처 없이 걸으며 단지의 오솔길에서 큰길로 빠져나가(작은 인간이 길을 잘 못 찾아서 이것도 한참 헤맸다) 어린이집 쪽으로 걸어가기 시작했다. 한데 얼마 지나지 않아 유하가 길가의 벤치에 누워버렸다. 그리고 생뚱맞게 휴대폰으로 전래동화를 틀어달라고 했다. 유하의 뜻대로 잠시 누워서 전래동화를 듣다가, 아무래도 추울 것 같아서 일어나 몸을 움직이자고 설득했다. 하지만 유하는 고작 2, 3분 정도 더 걷더니 놀이터는 관두고 그냥 집에 가고 싶다고 했다. 그래, 그렇게 하자. 오늘 오후는 유하를 위한 시간이니까.

방향을 틀어 집으로 가는 길에 유하가 스타벅스를 가리키며 말했다.

"엄마, 나 다리가 춥고 힘드니까 주스 한잔 하고 가요."

집이 코앞이라 얼른 들어가고 싶은 마음이 굴뚝같았지만 오늘은 유하의 말을 전부 들어주고 싶었다. 지갑을 안 들고 나와서 조금 당황하다가 스타벅스 앱을 열어 선불카드를 보니 다행히 충전액이 4800원 남아 있었다.

"유하야, 엄마가 주스를 딱 하나만 살 수 있어. 골라볼래?"

"엄마도 마셔야지요. 두 개 골라요오오~"

슬슬 고집부릴 기미를 보이는 유하에게 우리한테는 그럴 돈이 없음을 약 3분에 걸쳐 이해시킨 뒤 겨우 자리에 앉혔다. 유하는 주위를 휘휘 둘러보더니 만족스러운 표정으로 "역시 커피 가게야"라고 말했다. 어린이에게도 먹히는 스타벅스 인테리어의 범용성이란.

유하는 병에 든 오렌지주스를 골랐다. 뚜껑을 따서 컵에 따라 줬는데 딱 두 모금 마시고 안 먹겠단다. 자기는 충전 다 됐으니까 집에 가자고 했다. 들어온 지 5분도 안 됐는데…… 그보다 그 주스, 지금 이 엄마가 가진 전 재산(충전액)을 털어서 산 건데…….

그래도 유하의 요청대로 미련 없이 자리에서 일어났다. 주스는 컵을 반납하러 걸어가면서 내가 허겁지겁 원샷했다. 스타벅스에서 나오자 유하가 이번에는 횡단보도 앞에 있는 붕어빵 가게를 발견하고 슈크림 붕어빵을 사달라고 했다. 한국인이라면 누구나 붕어빵을 사기 위해 가슴에 2천 원씩 품고 다니는 계절이었지만 지갑이 없었던 나는 계좌이체로 슈크림 붕어빵과 팥 붕어빵을 두 개씩 샀다. 저녁 식사 하고 나서 먹기로 철석같이 약속했지만 역시나 횡단보도를 건너자마자 봉투에서 꺼내달라고 난리였다. 겨우 달래고 진정시켜서 다시 걷기 시작했는데, 얼마 못 가 다리가 아프다며 업어달라고 투정을 부렸다. 엄마는 허리가 안 좋아서 업어주는 건 힘들다고 잘 이야기해서 겨우 집으로 데려왔다.

　유하는 손을 씻자마자 당장 슈크림 붕어빵을 달라고 요구했다. 반만 먼저 먹는 것으로 타협한 뒤(나도 더 타이를 기운이 없었다) 국과 반찬을 새로 만들어 얼른 밥을 차려줬는데, 평소에 좋아하던 버섯나물만 몇 젓가락 집어먹더니 젓가락으로 음식을 휘적거리기만 했다.

　"배랑 목이 아파서 못 먹겠어요, 엄마……."

　심지어 먹다가 퉤퉤 뱉어버리기까지 했다. 너, 방금 전에 붕어빵은 게 눈 감추듯이 다 먹었잖아?

　나는 육아에 있어서 다른 건 잘 참는 편이(라고 생각하)
지만 밥을 안 먹는 것에 관해서는 언제나 인내의 실이 금
방 끊어져버린다. 두 살부터 세 살 사이, 거의 1년 동안
유하가 식사를 거부했기 때문이다. 매일 새로운 식재료
와 조리법으로 정성껏 만든 반찬들을 유하가 입에도 대
지 않아서 그대로 개수대에 처박곤 했던 기억은 지금까
지 트라우마로 남아 있다. 처음에는 내가 먹었지만 나중
에는 아이에게 버림받은 음식이 꼴도 보기 싫어서 음식
에 화풀이를 했다.

　살살 달래도 보고 화도 내보고 제발 맛이라도 봐달라
며 애원도 해봤다. 하지만 입을 앙다물고 고개를 돌리는
아이 앞에서 할 수 있는 일은 없었다. 어린이집에서 밥과
국은 먹는다니까, 그 말만 믿고 집에서는 (그나마 잘 먹
던) 과일과 요구르트로 배를 채워줬던 기나긴 나날. 주위
에서는 하나같이 애가 허기지면 알아서 먹을 것이며, 몇
끼 굶는다고 안 죽으니까 걱정하지 말라고 했다. 유하가
안 먹고 버티다가 병원에서 영양실조 판정을 받은 적도
있다는 걸 모르고 하는 소리였다. 막판에는 직접 요리하

는 것을 포기하고 반찬 가게에서 사 온 반찬과 레토르트 국만 줬다. 어차피 대부분이 음식물 쓰레기통행이었지만, 그편이 버릴 때 상처가 덜 되었다.

다행히 어린이집을 옮기고 환경이 바뀌며 유하도 새로운 음식을 점차 받아들이게 되었다. 별명이 삼평동 스님일 정도로 고기를 싫어하는 아이였는데 작년부터는 육고기도 웬만큼 먹는다(생선은 여전히 거부 중이다). 여하튼 그런 과거가 있었기 때문에, 유하가 입에도 대보지 않고 밥을 안 먹겠다고 하니 하루 동안 잘 붙들고 있던 멘털이 와장창 깨져버렸다. 아프다는 건 틀림없이 핑계라고 생각했다. 나는 온종일 너한테 다 맞춰줬는데, 너는 내가 정성껏 차린 밥을 고작 그것밖에 안 먹겠다고?

굳은 표정으로 "먹기 싫으면 그만 먹어"라고 해버렸다. 내가 식탁을 떠나자 유하는 잔뜩 기가 죽어서 "그래도…… 두부랑 국 빼고는 먹을 수 있을 것 같아요……"라고 말했지만 숟가락을 들 생각은 하지 않았다. 남편이 한 숟가락만 먹어보자고 아무리 좋은 말로 설득해도 요지부동이었다. 그만 안쓰러워진 나는 "유하야, 진짜 그만 먹어도 돼. 이리 와" 하고 곁으로 불러 꼭 껴안았다.

뺨에 닿은 유하의 이마가 뜨거웠다. 열을 재봤더니

38.3도였다. 순간 모든 게 이해가 됐다. 아까 벤치에서 쉬겠다고 한 것도, 주스를 다 마시지 못한 것도, 잘 걷지 못한 것도. 나는 왜 이렇게 부족한 엄마인 걸까. 왜 진작 알아주지 못했을까. 왜 이마에 손 한번 짚어볼 생각을 하지 않았을까. 애가 그렇게 티를 냈는데도…….

'맞춰줬다'는 것도 나의 입장일 뿐, 유하에게 오늘은 엄마랑 산책을 하고 주스와 붕어빵도 사 먹은 즐거운 날이었을 것이다. 그런데 나는 내가 이만큼 베풀었으니 너도 이만큼 해줘야 당연하지 않느냐고 요구하고 있었다. 고작 다섯 살, 그것도 아픈 아이에게. 육아는 늘 내 최악의 모습을 이런 식으로 들춰놓는다. 그 모습을 세상에서 가장 들키기 싫은 사람 앞에서, 도망갈 데도 숨을 데도 없는 곳에서.

"유하야, 미안해. 엄마는 유하 아픈 거 몰라서 그랬어. 유하가 정말 아파서 그랬구나."

미안하다고 싹싹 빌자 유하는 "괜찮아요"하며 내 등을 토닥토닥 두드렸다. 엄마가 갑자기 쩔쩔매면서 잘해주니까 기분이 좋아졌는지 "나는 환자왕이에요~"하며 신이 났다.

유하는 해열제를 먹고 남은 팥 붕어빵까지 깨끗이 먹어 치운 뒤(밥은 진짜 먹기 싫었던 거였니……?) 조금 놀다가 잠자리에 들었다. 잠들기 직전 "엄마, 내가 용서해줄게요"라고 중얼거리기에 유하 얼굴에 귀를 바싹 갖다 대며 "한 번만 더 말해줘~"라고 부탁했지만 이미 꿈나라로 가버린 뒤였다.

부모를 만드는 것

고레에다 히로카즈의 영화 〈그렇게 아버지가 된다〉에는 병원에서 아이가 뒤바뀐 두 가족이 나온다. 도쿄의 최고급 맨션에 사는 일류 건축가 료타의 가족과, 전파상을 운영하는 유다이의 가족이다. 고의로 아기를 바꾼 간호사가 6년 만에 자백하며 이 사실이 알려지고, 두 가족은 각자의 친자를 되찾기로 합의한다. 본격적인 교환에 앞서 두 아이는 친부모의 집에서 며칠씩 머무르며 적응하는 기간을 가진다. 이따금 두 가족이 만나 함께 놀기도 한다. 그 과정에서 아이와 많은 시간을 보내지 않는 료타를 유다이가 가볍게 질책하자 료타가 대꾸한다. "시간만 중요한 건 아니죠." 그러자 유다이는 이렇게 말한다. "무슨 소리예요? 시간이죠. 아이는 시간이에요."

아이는 시간이에요. 유하를 낳은 뒤로 나는 이 대사의 주어를 종종 '부모'로 바꾸어본다. 부모를 만드는 건 시간이다. 열 달 동안 배 속에 품고 있었다고 해서 처음 보는 존재에 대한 모성애가 벼락처럼 생기지는 않는다. 겉싸개에 미라같이 감싸여 얼굴만 빼꼼 내밀고 있던 신생아는 분명 귀엽긴 했으나, 숨이 막힐 정도의 사랑을 느끼지는 않았다.

그러다 어느 날 밤 아이가 내 팔에 조그만 머리를 올리고 한참을 산새처럼 지저귀다 잠들었을 때, 내 팔뚝에 솜사탕 같은 머리카락이 닿아 있고 팔꿈치부터 손목까지 작은 손가락들이 물방울처럼 찍혀 있을 때 불현듯 깨닫는 것이다. 아, 나는 이제 망했구나. 이 애 없이는 한시도 살 수가 없구나.

산후조리원에서 집으로 데려왔을 때만 해도 엄마 아빠를 알아보지 못하던 아이가 불과 한두 달 만에 부모에게 꼭 달라붙어 낯선 사람에게는 가지 않으려 한다. 겨드랑이에 손을 끼우고 높이 들어 올리면 장난인 줄 알고 자지러지게 웃는다. 고작 일고여덟 걸음 휘청휘청 걸어서 나에게 와 온몸을 내던지며 안긴다. 함께 보낸 시간이 빚어낸 이런 순간들이 켜켜이 쌓여, 낯설었던 핏덩이가 미칠 듯이 사랑스러운 존재로 변한다. 내 안에 익애溺愛라는 단어가 있었음을 나는 유하를 키우며 깨닫게 됐다.

　내가 덕질하는 밴드의 멤버는 개인 유튜브를 운영하는데, 영상 댓글을 보면 팬들은 그가 생일날 돼지국밥을 먹는다고 귀여워하고, 파란 기타를 샀다고 귀여워하고, 수면 바지를 입었다고 귀여워한다. 이런 방식의 사랑이 가능한 이유는 팬들이 그를 오랜 시간 관찰하며 데이터베이스를 쌓아왔기 때문이다. 평소에도 국밥에 소주 먹는 걸 좋아하더니 생일날 또 먹네. 다른 멤버의 기타가 빨간색이라서 자기는 파란색을 샀나 보네. 저 수면 바지는 매일같이 입는 걸 보니 애착 바지인가 봐. 요컨대 연예인이든 자식이든 자세히 볼수록 예쁘고 오래 볼수록 사랑스러운 것이다. 그러고 보면 덕질과 자식 사랑은 여러모로 닮은 점이 있다. 사비로 굿즈(자식의 경우 성장 앨범이나 사진이 들어간 달력과 머그 컵 따위)를 제작한다거나, 혹여 나쁜 길로 빠지지 않을까 마음 졸인다거나(제발 신문 사회면만은 장식하지 마!), 그들의 작은 몸짓 하나에도 환호작약하게 된다거나…….

변기에 앉아 있는 아이 사진을 그냥 보면 '왜 이런 사진을 찍었지?'라는 생각이 들겠지만, 그것이 어제까지만해도 변기가 무서워서 못 앉던 아이가 오늘 드디어 용기를 낸 것을 기념하는 사진임을 알게 되면 기특한 마음이들 것이다. 누군가를 세밀하게 사랑하려면 맥락이, 역사가, 데이터베이스가 필요하다. 육아인들은 그 사실을 의외로 잘 알고 있으므로, 오늘 새로 찍은 자식 사진 서른장을 실시간으로 SNS에 올리는 어리석은 짓은 잘 하지않는다(내 생각에 피드를 도배해도 환영받는 '내 새끼'는 맥락 없이 봐도 귀여운 고양이나 강아지 등의 털 친구들, 혹은 식물 친구들뿐인 것 같다). 그래서 부모들은 종종 자식(자랑)용 SNS 계정을 따로 만든다. 대체로 전체 공개가 아닌 그계정에서는, 남들 눈에는 똑같겠지만 내 눈에는 너무 다른, (고르고 고른) 내 자식의 일상 사진 열 장을 한꺼번에올리는 행위가 암묵적으로 용인된다. 누구에게? 그 계정을 '팔로우'하는 다른 육아 동지들에게. 우리는 그런 식으로 하트를 품앗이한다.

두 살 때인가, 뜨거운 떡을 포크에 찍어서 후후 불어줬더니 유하가 그다음부터 떡을 먼저 먹고 빈 포크를 후

후 불었다. 엄마가 해준 것처럼 포크도 불고 떡도 먹었지만 순서에 오류가 난 것이다. 얼마 전에는 목욕시키려고 욕조에 따뜻한 물을 받아놨는데, 탕에 들어가기 전에 부득부득 찬물을 틀어 자기 가슴에 묻히더니 이렇게 말했다. "물에 들어가기 전에는 차가운 물로 가슴을 먼저 적셔줘야 하거든요!" 언젠가 남편이 수영장에서 그렇게 가르쳐줬기 때문이다. 따뜻한 물에 들어갈 때는 찬물을 묻힐 필요가 없다고 알려줘야 했지만 웃느라 타이밍을 놓치고 말았다.

이런 참을 수 없이 사랑스러운 일화를 혼자만 알기 아까워서 송재선 할머니에게 전화를 걸어 전하면, 송재선 할머니는 영혼 없이 "아, 맞나?" 한 뒤에 곧바로 "하이고, 오늘 재하랑 서하는 하원할 때……" 하며 화제를 바꿔버린다. 멀리 있는 손주는 매일 보는 손주보다 귀여울 수 없다.

유하는 내가 자신을 껴안는 방식으로 내 어깨에 코를 파묻고 얼굴을 비빈다. 남편이 불러주는 자장가의 가사를 전부 외워서 따라 부른다. 식빵을 구워 주면 아무 말 하지 않아도 버터와 꿀을 발라 치즈를 얹고, 월남쌈을 먹을 때는 허니머스터드소스를 라이스페이퍼 안에 넣는다. 우리가 유하한테 보여주고 알려준 것, 무심코 했던 행동들과 일상적으로 하는 말들이 유하 안에 고였다가 유하의 것이 되어 다시 나온다. 함께 보낸 시간이 남긴 투명한 인장. 남편과 나의 눈에만 보이는, 유하를 나날이 사랑하게 만드는 나이테들.

우리 몫의

세상을

잘 가꾸어볼게

노 키즈 존

유하가 지금보다 많이 어렸을 때, 아기 유하를 데리고 외출하면 세상에는 의외로 친절하고 다정한 사람이 많다는 것을 실감하곤 했다. 한 손으로 유아차를 끌면서 다른 한 손으로 가게의 여닫이문을 열려고 버둥거리면 어딘가에서 나타나 문을 잡아주는 사람들이 있었다. 복잡한 엘리베이터 앞에서 유아차가 먼저 타고 내리게 배려해주는 사람들도 있었다. 그럼에도 불구하고 아직까지 유하와 밖으로 나갈 때마다 신경이 곤두서는 이유는 '맘충'이라는 혐오 표현에 대한 학습이 이미 내 안에서 이루어졌기 때문이다. 그 단어가 엄마들의 자기검열에 미치는 위력은 실로 대단하다. 언제 어디서 감시와 비난의 시선이 날아들지 몰라 늘 노심초사하게 되니 말이다.

움츠러든 마음은 오늘처럼 '노 키즈 존'이라고 써 붙인 카페를 마주하면 더욱 쪼그라든다. 오늘은 남편 생일이라서 유하가 어린이집에 간 사이에 옆 동네로 놀러 갔다. 밥을 먹은 뒤 차를 마시려고 근처를 돌아다녔는데, 외진 곳이라서 카페가 거기밖에 없었다. 유하를 안 데리고 갔으니 노 키즈 존이라 해도 우리가 들어가는 데는 문제가 없었다. 하지만 유하와 함께였다면? 유하가 접시를 집어 던질 '가능성'이 있고, 시끄럽게 소리 지르며 기물을 파손할 '가능성'이 있다는 이유로 우리는 그곳에 들어갈 자격을 문전에서 박탈당했을 것이다.

한데 그런 '가능성'만으로 영유아와 그 동반자에게서 식당이나 카페를 이용할 권리를 빼앗고, 존재를 눈앞에서 치워버리는 것이 과연 옳은 해결책일까? 아이보다 더 큰 소리로 떠들어도, 자리에 쓰레기를 가득 남겨두고 떠나거나 점원에게 무례하게 굴어도 아저씨, 아줌마, 청년 등의 집단 전체에 입장 제한이 걸리는 일은 없다(최근에는 이에 더해 60세 이상의 출입을 제한하는 '노 시니어 존'이 등장했다는데, 이 역시 명백한 차별이며 성숙한 해결책이 아니다). 누구의 잘못이 더 큰지 민폐 배틀을 하자는 이야기가 아니다. 공공장소에서의 매너는 어린이나 노인뿐만 아니라 우리 모두가 지켜야 하는 거라고, 콕 집어 누군가에게만 각별히 주의를 줘야 하는 게 아니라고 말하고 싶은 것이다. 혹시 나한테 어린 자식이 있기 때문에 이렇게 생각하는 건가? 이런 내가 '맘충'인가? (보라, 자기검열은 이처럼 시도 때도 없이 이루어진다.)

노 키즈 존이 아이에 대한 차별이라는 목소리가 높아지자 '노 배드 페런츠 존'이라는 단어가 등장했다. 그 또한 혐오의 대상이 아이에서 부모로 바뀐 것뿐이라는 의견이 나오자 이번에는 '케어 키즈 존'이라는 신박한 단어가 생겨났다. 요컨대 아이가 사고를 치지 않게 부모가 잘 케어하라는 뜻이다. 확실히 '노 배드 페런츠 존'에 비하면 뉘앙스가 부드럽긴 하지만, 그래도 그 뒤에 숨어 있는 감시의 시선은 충분히 느껴진다. '케어 키즈 존'에 대한 기사와 댓글을 살펴봤더니 마음이 더욱 착잡해졌다.

기사에 나와 있는 케어 키즈 존의 안내문에는 "부모님의 부주의로 인해 다른 고객님들께 피해가 발생하거나 매장 기물, 식물 파손 및 안전사고 발생 시 부모님께 전적인 책임이 있"다고 적혀 있었고, 그 아래로는 "저런 안내 붙인다고 케어할 것들이면 이미 하고 있었겠시" "저도 아이 엄마지만 본인 아이 케어 못 할 거면 제발 집에서 나오지 마세요" 등의 댓글이 '베플(베스트 리플)'이 된 어느 온라인커뮤니티의 화면이 캡처되어 있었다. 하지만 다른 사람에게 피해를 주거나 매장 기물 또는 식물을 파손하면 안 되는 건 어린이뿐만 아니라 모든 손님에게 해당되는 일이다. 어린이날 100주년을 맞아 열린 노 키즈 존·아동차별 반대 기자회견에서 열 살 김나단 어린이는 "조용히 해야 하면 조용히 하자는 규칙을 써주세요. 노 키즈 존이라고 하지 마세요. 안전해야 한다면 안전한 환경을 만들어주세요. 노 키즈 존이라고 써 붙이지 말고요"라고 말했다. 여기에 대체 무슨 말을 덧붙일 수 있을까.

통창으로 숲을 볼 수 있는 근사한 자리에 앉아서도 불편한 마음이 가시지 않았다. 유하를 거부하는 카페에 유하 없이 들어와서, 유하도 분명 좋아할 풍경을 우리끼리 보고 있다는 것이 내내 꺼림칙했다. 착잡한 기분을 안고 집으로 돌아와 『어린이라는 세계』를 펴 들었다.

실제로 어린이 손님 때문에 골치 아픈 일도 없지 않을 것이다. 어린이가 시끄럽게 할 때, 공공의 공간에 걸

맞지 않은 행동을 할 때, 보호자가 그것을 제지하지 못할 때 눈살을 찌푸리는 '다른 손님들'도 생각해야 할 것이다. (…) 그래서 문제를 원천 봉쇄하기 위해 어린이 손님을 거부하는 것으로 결론을 내렸을지도 모르겠다. 하지만 그것은 해결책이 아니라 차별이다. 그리고 차별은 어떤 말로도 정당화될 수 없다.[*]

내가 어린아이의 부모라서가 아니라, 아무리 생각해봐도 노 키즈 존과 그것에서 파생된 여러 단어는 그 자체로 차별이 맞다. 그리고 맘충, 노 키즈 존, 노 배드 페런츠 존, 케어 키즈 존, 이런 차별과 혐오의 단어들에 마음이 쪼그라든다고 해서 집에 틀어박혀, 혹은 '예스 키즈 존'만 골라 다니며 '거슬리지 않는' 존재로 살아갈 수는 없다. 아이와 그 보호자도 이 사회의 구성원이자 동료 시민이기 때문이다.

어린이는 공공장소에서 예의를 지켜야 한다는 것을 배워야 한다. 어디서 배워야 할까? 당연하게도 공공장소에

[*] 김소영, 『어린이라는 세계』, 사계절, 2020, 211쪽.

서 배워야 한다. 다른 손님들의 행동을 보고, 잘못된 행동을 제지당하면서 배워야 한다. 좋은 곳에서 좋은 대접을 받으면서 그에 걸맞은 행동을 배워야 한다. 어린이가 어른보다 빨리 배운다는 것은 우리 모두 아는 사실이다.[*]

어떤 공공장소에 아이가 못 들어가게 막는 건 그런 배움의 기회를 박탈하는 일이기도 하다. 유하가 살아가는 세상에는 노약자석의 임산부를 째려보는 사람도 있고, 임산부에게 기꺼이 자리를 양보해주는 사람도 있다. 식당에서 아무 말 하지 않아도 방긋 웃으며 아이용 식기를 내주는 사람도 있고, 어린이라는 이유만으로 감시의 시선을 보내는 사람도 있다. 유하와 그 친구들이 어떤 사람으로 클지는 세상이 그들을 대하는 태도에 따라 달라질 것이다. 세상이 그들을 너그럽게 대하면 그들은 그것을 보고 배울 것이다. 자신들이 크면 노인이, 약자가 되어 있을 현재의 어른들에게 관용과 사랑을 베풀 것이다.

[*] 앞의 책, 213쪽.

코로나19 격리 일지

2022년 4월 1일 금요일

어린이집 유하 반에 확진자가 나왔다는 연락을 받았다. 지지난 주에도 확진자가 여러 명 나와서 거의 2주 동안 유하를 집에 데리고 있었다. 나는 오전 육아를, 남편은 오후 육아를 맡아 교대로 각자의 방에서 일했다. 그와 동시에 삼시 세끼를 차리고, 치우고, 청소기와 세탁기를 돌리고, 고양이를 돌보고, 식재료가 떨어질세라 인터넷으로 장을 봤다. 쉴 새 없이 뭔가를 했지만 육아와 업무와 가사, 어느 쪽에도 효율을 낼 수 없어서 집은 더러웠고, 애는 짜증을 냈으며, 일은 일대로 쌓여 있었다.

그러고 나서 어렵사리 등원한 이번 주에 또 확진자가

나온 것이다. 이제는 코로나19에 걸릴까 봐 벌벌 떠는 것
보다 우리 차례는 언제일까 조마조마해하는 게 더 힘들
었다. 차라리 한 번 앓고 지나가는 게 낫겠다는 생각도
들었다.

2022년 4월 2일 토요일

불온한 생각이 씨가 된 것일까. 어제까지만 해도 하원
한 뒤에 사랑이, 의준이랑 공원에서 기운차게 뛰어놀았
던 유하가 오늘 아침부터 고열이 나기 시작했다. 무릎과
다리가 아프다고도 했다. 이것은 확진이라는 촉이 왔다.
집에 있던 자가 키트로 검사를 해보니 대조군의 진한 선
옆으로 실험군에도 아주 희미하게 선이 생겼다.

올 것이 왔다는 느낌이었다. 담담하게 PCR 검사를 하
러 보건소에 갔다. 아침 9시에 맞춰 갔는데도 대기 줄이
이미 건물 전체를 한 바퀴 감쌀 정도로 생겨 있었다. 기
다리는 내내 축 늘어진 유하를 안고 있었다. 손이며 이마
가 다 뜨거운 것이 옷 위로도 느껴졌다.

유하가 PCR과 신속항원검사, 자가 키트 검사를 지금
까지 몇 번이나 했는지 세지 않게 된 지 오래다. 처음 한
두 번은 뭣도 모르고 씩씩하게 검사를 받는데, 세 번째

쯤부터는 면봉만 보면 코를 감싸 쥐고 고개를 좌우로 획획 돌렸다. 그런데 오늘은 반항할 기운조차 없는지 비교적 얌전히 코를 내어줬다. 물론 검사 후에 찔끔 울긴 했지만.

결과는 내일 아침에 나온다고 했다. 양성이면 약값과 진료비가 무료라지만 다음 날까지 기다릴 마음의 여유가 없어서, 유하가 원래 다니던 소아과에 전화를 걸어 비대면 진료를 보고 남편이 약을 타 왔다. 집으로 돌아온 유하는 열이 38도가 넘는데도 갑자기 무슨 기운이 솟구쳤는지 커다란 블록을 꺼내와 노래를 흥얼거리며 무언가를 조립하기 시작했다. 확진자 가족 동지들에게 들은 바로는 애가 열은 나는데 팔팔하게 잘 돌아다니는 게 이 병의 특징이라고 한다.

유하의 열이 온종일 떨어지지 않아서 두 종류의 해열제를 번갈아 먹이며 정신없이 하루를 보냈다.

2022년 4월 3일 일요일

아침에 유하가 양성이라는 문자가 왔다. 열은 여전히 떨어지지 않았다. 나와 남편은 자가 키트 검사로는 아직 음성이었지만 둘 다 미열이 나기 시작했다. 보건소에 교대로 다녀올까 고민하다가, 혹시라도 음성으로 나오면 며칠 뒤 또 검사를 받으러 가야 할 것 같으니 헛걸음 방지를 위해 바이러스를 숙성(?)시킨 후 내일쯤 가기로 했다.

유하는 하루 종일 축 늘어져서 유튜브만 봤다.

2022년 4월 4일 월요일

아침까지 38도였던 유하가 드디어 정상 체온을 되찾았다. 동시에 유하와 교대하듯 내가 열이 오르기 시작했다. 자가 키트 검사 결과 양성. 우리 동네 보건소는 주차장이 협소하고 근처 도로도 검사받으러 온 사람들이 불법 주차해놓은 차량으로 점령되어 있어서 차를 끌고 갈 자신이 없었다. 그렇다고 버스를 탈 수야 없으니 걸어가는 방법을 선택했다. 도보로는 30분. 가는 길에 벚나무가 많았다. 이미 만개해버린 벚꽃을 보며 이렇게라도 꽃구경을 할 수 있어 다행이다 싶었다.

힘들게 갔더니 보건소 점심시간이라서 한 시간이나 기다렸다. 기다리는 동안 체력이 점점 바닥나는 게 느껴졌다. 검사를 받고 걸어서 돌아오는 30분은 영원과도 같았다. 이러다 길에서 쓰러지면 나는 어떻게 되는 걸까, 유하는 집 밖으로 못 나오고 남편은 유하를 돌봐야 하니

나 혼자 병원으로 이송될 텐데, 요즘 시국에 확진자 병상이 있으려나? 이런 생각을 하며 억지로 힘을 쥐어짜내어 겨우 집에 왔다.

열을 재보니 38.9도였다. 남편을 보건소에 보내고, 놀아달라는 유하에게 시달리며 거실에 뻗어 있었다. 이렇게 몸이 뜨거운 느낌은 실로 오랜만이었다. 열이 날 때마다 자동 소환되는 어린 시절의 기억이 있는데, 초등학생인 내가 아무도 없는 집에 누워서 회사에 간 엄마에게 얼른 오라고 독촉 전화를 하는 장면이다. 그때는 휴대폰이 없어서 전화를 끊고 나면 엄마가 이제 버스를 탔으려나, 제발 빨리 좀 왔으면 좋겠는데, 어디쯤 왔는지 알 수 있으면 좋겠다, 하고 생각하며 엿가락처럼 늘어지는 기나긴 시간을 견뎠다. 드디어 엄마가 와서 내 이마에 서늘한 손을 짚어주고, 이윽고 부엌에서 죽 만드는 소리가 들리면 너무나 마음이 놓여서 비로소 잠들 수 있었던 그 기억과 감각. 나는 유하에게 그런 안도감을 주는 엄마일까? 다른 때라면 모르겠지만 일단 오늘은 아닌 것 같군.

재택근무로 오전에는 일을 한 남편이 오후 반차를 쓰고 요리와 육아를 도맡았다. 남편도 미열이 나는 몸으로 고생이 많다. 하지만 열이 더 높은 내가 오늘의 환사왕이

므로 조금만 더 뻗어 있기로 했다. 돌봐주는 사람이 있으면 응석을 부리게 되는구나.

2022년 4월 5일 화요일

남편과 나에게도 확진 문자가 왔다. 말로만 듣던 비대면 진료 앱을 처음 이용해봤는데, 우리 집 근처에는 해당 병원이 없어서 강남의 피부과 의사에게 연결이 되었다. 피부과지만 지금은 코로나19 진료를 최우선으로 본다고 적혀 있었다.

"아유, 이렇게 열이 많이 나는데 종합 감기약만으로 버티고 계셨어요? 많이 힘드셨겠네요."

모든 환자에게 하는 립 서비스일 수도 있지만, 의사에게 듣는 '많이 힘들었겠다'라는 말은 다른 무엇보다 위안이 되었다. 오만가지 해야 할 일의 산더미 속에서 손가락 하나 까딱하지 못하고 축 늘어져 있다는 죄책감이 조금은 덜어지는 느낌이랄까.

우리 시에는 제휴 약국이 없었는지 옆 도시의 약국에서 약이 왔다. 이렇게라도 약을 받아 먹을 수 있으니 다행이다 싶으면서도, 한편으로는 이런 서비스가 안 되는 지역의 주민이나 앱 사용에 능숙하지 못한 어르신들은 어떻게 약을 타는 걸까 걱정도 됐다. 서울에서 일하고 있는 나의 아빠도 지난주에 확진이 되었는데, 단골 병원에 전화를 걸어 비대면 진료를 받은 뒤 사무실 사람이 약을 가져다줬다고 한다. 타자와의 연결이 곧 생존이 되는 시대다. 내가 클릭 몇 번으로 누리는 의료 서비스나 배달 서비스의 매끈한 화면 뒤, 그 연결의 이음매마다 사람이 있다는 것을 실감한다.

배달된 약을 먹자 놀랍게도 반나절 만에 열이 떨어지고 부었던 목이 가라앉았다. 반면 남편은 약발이 잘 안 듣는 모양이었다. 유하의 컨디션도 완전히 정상으로 돌아와서 이제는 남편이 우리 집 환자왕이 되었다.

그나저나 밥을 차리고 먹(이)고 치우는 것만으로 하루가 다 간다. 나도 아직은 미열이 있어서 밥 차리고 먹(이)고 설거지까지 끝내면 거의 탈진하는 기분이다. 미안하지만 유하에게는 또 유튜브를 틀어준 뒤, 유하 방에 혼자 누워서 이탈리아 가이드 가족의 팬데믹 일상을 담은 에세이 『우리가 우리에게 닿기를』을 읽었다. 이탈리아에서는 상황이 한창 심각했을 때 마스크 수급이 되지 않아 의료진이 청소포를 귀에 걸고 진료를 했고, 의사 자신이 확진되어도 끝까지 환자를 돌봤다고 한다. 이탈리아 코로나19 사망자

중 8퍼센트가 의료진. 그 숫자에 시선이 오래 머물렀다. 외출 금지령이 떨어졌을 때는 정오가 되면 다들 발코니로 나와서 박수를 치고 노래를 부르는 새로운 풍습이 생겼는데, 그 노랫소리도 격리 기간이 길어지자 점점 줄어들었다고 한다. 하지만 저자의 가족들은 언제나 가장 먼저 나가서 박수를 쳤고, 그 소리에 이끌려 동네 사람들이 하나둘 나왔다고. 이 대목을 읽는데 눈물이 찔끔 났다. 언젠가 유하를 데리고 이탈리아에 갈 수 있을까? 그럴 수 있으면 좋겠다. 아직은 꿈같은 이야기다.

2022년 4월 6일 수요일

식목일이었던 어제 어린이집에서 선생님과 친구들이 버섯 재배 키트를 만들었다고 한다. 등원하지 못한 유하를 위해 선생님이 우리 집으로 직접 키트를 가져다주셨다. 얼굴도 못 뵙고 비대면으로 받은 키트에는 "고사리 손으로 흙을 꼭꼭 눌러 담아 만들었어요"라는 쪽지가 붙어 있었다. 흥미를 보이며 다가온 유하에게 뚜껑을 열어 보여주자 병 윗부분을 뒤덮고 있는 하얀 균사가 징그러웠는지 "으아아~" 소리를 지르며 멀리 달아나버렸다. 콧등을 찡그리며 달아나는 유하의 사진을 찍어 알림장 앱

으로 선생님에게 보여드렸더니 엄청 웃으셨다는 답장이
왔다.

남편의 컨디션이 갈수록 나빠져서 저녁에 다시 지난
번의 강남 피부과에서 비대면 진료를 받았다. 이번에는
다른 의사가 전화를 받았는데, 그분 말로는 하루에 코로
나19 환자를 100명 넘게 진료한다고 했다. 한 사람당 진
료 시간이 짧게 잡아 3분이라 해도 100명이면 300분, 하
루 최소 다섯 시간이다. 그래도 의사는 아주 친절하고 꼼
꼼하게 남편을 진료해줬다. 시간이 늦어 배달이 끝났다
고 해서 약은 내일 아침에 받기로 했다.

오늘은 남편이 반차를 쓰지 않고 종일 일했다. 나는 침
구를 갈고 로봇 청소기를 돌리고 환기를 시키고 밥하고
설거지하고 빨래하고 밥하고 설거지하고 육아를 했다.
종일 쉬지 않고 움직였는데도 새로운 해가 뜨면 어제 겨
우 없애놓은 할 일의 목록이 또다시 같은 길이로 복원되
어 있다는 게 집안일의 미스터리다. 시시포스는 영원히
돌을 굴리고 프로메테우스는 영원히 간을 쪼아 먹히고
주부는 영원히 집안일의 쳇바퀴를 돈다.

2022년 4월 7일 목요일

아침에 남편과 나의 새로운 약이 왔다. 내 약은 줄었는데 남편 약은 늘었다. 남편은 센 약을 먹고 종일 약 기운에 취해 있다. 유하도 계속 기침을 해서 또다시 앱을 통해 비대면 진료를 받았다. 의사가 유하 몸무게를 묻기에 16킬로그램이라고 했더니 "딱 적당히 잘 키우셨네요"라고 했다. 실은 친구들보다 왜소한 편이라서 걱정하고 있었는데, 귀가 얇은 나는 기분이 좋아지고 말았다. 이런 별것 아닌 스몰 토크가 격리 생활의 활력이 된다. 전화를 끊고 보니 병원은 충남에 있었고 약은 강남의 약국에서 왔다. 편리하고 신기한 세상이다.

오늘은 남편이 오후 반차를 쓰고 육아를 맡아서 내가 일을 할 수 있었다. 오랜만에 책상 앞에 앉으니 전에 없이 소중하게 느껴지는 나만의 작은 공간. 『츠바키 문구점』으로 유명한 오가와 이토의 에세이를 오늘부터 새로 시작했다. 오가와 이토의 엄마는 자식에게 폭력을 휘두르는 사람이었는데, 그 엄마가 암에 걸려 죽었다. 오가와 이토는 엄마의 임종에 이르러서야 남들처럼 엄마의 죽음을 슬퍼할 수 있었다고 썼다. 그런 엄마를 표현한 형용사를 한국어로 어떻게 옮길지 후보군을 추려놓고 문장

속에 넣었다 뺐다 해봤다. 일단 오늘은 내가 한 번역이 마음에 드는데 내일 다시 보면 어떨지 모르겠다. 다음 끼니 메뉴 걱정에서 벗어나 오랜만에 이런 고민을 하는 시간이 사치스럽게 느껴졌다.

유하는 식욕이 없는지 점심(간장국수)과 저녁(치킨) 모두 잘 먹지 않았다. 둘 다 유하가 평소 좋아하는 메뉴였기 때문에 속상했다. 남편은 여전히 기력이 없어서 오후 내내 유하 옆에서 누워만 있었다고 한다. 오늘 하루가 이렇게 가는구나.

2022년 4월 8일 금요일

늦잠을 잤다. 눈을 떠 보니 9시 15분. 남편은 자기 방으로 출근했고 유하는 아직 자고 있어서 살그머니 거실로 나가 창문을 열고 환기를 시킨 뒤 책을 보기 시작했다. 오랜만에 미세먼지 없는 청명한 날이었다. 이렇게라도 바깥 공기를 느끼니 좋았다. 서너 장쯤 읽었을 때 안방에서 고함 소리가 들렸다.

"엄마! 엄마! 나 쉬야한 것 같아!!"

방금 전까지의 평화는 뭐였단 말인가⋯⋯. 유하를 번쩍 들고 화장실로 달렸다. 이러니 허리가 나을 수 없다.

"근데 나 응가도 한 것 같아."

팬티를 내려보니 잘 이겨진 된장 같은 응가가 나왔다. 응가 팬티는 네 살 이후로 처음이군. 유하도 컨디션이 정상은 아닌 것이다. 얼른 몸 전체를 씻기고 로션을 바르는 것과 동시에 남편에게 도움을 청했다.

"여보, 유하가 자다가 응가했어. 일단 창문 좀 닫아줘."

아직 날씨가 쌀쌀해서 유하가 맨몸으로 거실에 가기 전에 열어둔 창문을 닫고 싶었다. 그렇게만 말했지만 사실은 남편이 나머지 과정도 알아서 도와줬으면 했다. 침구의 어느 범위까지 오염되었는지 확인하고, 매트리스 커버와 이불 커버를 벗겨내 세탁하고, 응가 묻은 팬티와 잠옷을 손빨래하고, 유하에게 새 옷을 입히는 작업을 분담해주기를 바랐던 것이다. 그런데 약 기운으로 머리가 멍한 남편은 창문만 닫고 우두커니 서 있었다. 아이고…….

유하를 씻기고 옷을 손빨래한 뒤 안방에 가보니 방수요가 젖어 있어서 벗겨냈다. 그 아래 깔려 있던 방수 매트리스 커버도 끙끙거리면서 벗겼다. 까먹고 있었는데 그 밑에서 과거의 내가 깔아둔 또 한 장의 방수 매트가 나왔다. 평소의 나답지 않은 미친 꼼꼼함 덕분에 매트리스 자체가 오염되는 최악의 사태는 피할 수 있었다(그걸 깔았던 당시의 나는 유하가 일주일에 한두 번씩 자다가 오줌을 싸서 노이로제에 걸려 있었다).

더러운 부분을 손빨래한 뒤 모두 세탁기에 집어넣고 돌리는 것으로 아침의 난리를 수습하고 나니 10시 30분. 유하에게 프렌치토스트를 구워 주고 나는 마켓컬리에서 주문한 팥 붕어빵을 먹었다. 그리고 유하랑 조금 놀아준 뒤에 여기까지 일기를 쓰고 나니 12시. 이제 점심밥을 차려야 하네? 누가 저 좀 이 쳇바퀴에서 꺼내주세요.

신이 나에게 밥을 차리고 치우는 번거로움을 평생 면제해주는 대신 음식 맛을 느끼는 기쁨을 빼앗아가겠다고 한다면, 오늘의 나는 기꺼이 그러라고 할 것이다. 자율주행자동차도 나오는 마당에 식사 대용 알약은 왜 안 나오나 몰라. 밥이라면 이제 정말 지긋지긋하다.

오후가 되자 다시 나의 컨디션이 안 좋아지기 시작했다. 남편에게 육아를 넘긴 뒤 번역을 하려고 앉았지만 글자가 머리에 전혀 들어오지 않았다. 오늘 해야 할 분량을 다 못 채웠는데 저녁 시간이 됐다. 먹(이)고 치우고 애 씻기고 나 씻고 침대에 누우니까 남편과 유하가 어딘가에서 똥 냄새가 난다고 했다. 남편은 똥이 아직 묻어 있는 것 같다며, 내가 낮에 건조기에서 꺼내어 아픈 몸으로 혼자 끙끙거리며 씌워놓은 침대 시트를 다시 죄다 벗겨내 빨아야 한다고 주장했다. 아닐 거야, 그럴 리 없어, 하며 애써 무시했지만 부정할 수 없는 똥 냄새가 급기야 내 코에도 느껴졌다. 아까 방심하고 빨지 않은 바디 필로우가 범인이었는데, 그게 내가 시트를 씌우는 동안 침대 위에서 데굴데굴 굴려지며 빨아놓은 모든 침구에 무색에 가까운 똥물을 묻힌 듯했다.

침대 위에 있던 천이란 천을 죄다 벗겨내 세탁기에 다시 집어넣었다. 빨래는 내일의 내가 하겠지. 내일의 나야, 힘내렴. 방수 요를 깔지 않은 침대에 오줌을 싸면 그때는 매트리스를 통째로 버려야 하니까 남편과 유하는 오늘 유하 방에서 자기로 했다. 아기 시절의 낮잠 이후로 그 방에서 자는 게 처음인 유하는 신이 났다. 혼자 넓은 침대를 차지하게 된 나도 내심 좋았지만 겉으로는 유하가 섭섭할까 봐 슬픈 척했다. 아이패드로 드라마 〈스물다섯 스물하나〉를 보다가 잠들었다. (밤에 안방 불을 켜놓고 이어폰 없이 드라마를 본 게 몇 년 만인가!) 기나긴 하루였다.

2022년 4월 9일 토요일

유하 방에는 암막 커튼이 없다. 그래서인지 오늘은 유하가 동이 트는 것과 동시에 일어나서 나를 깨우러 안방에 왔다. 늘 시간이 없다고 불평하는 엄마를 위한 배려로구나. 효자 자식……. 어제의 똥 묻은 침구 빨래를 하는 것으로 하루를 시작했다. 유하는 자정에 격리 해제되었지만 남편과 내가 아직 격리 중이기 때문에 밖으로 나갈수 없다. 그런 우리를 약 올리듯 바깥은 봄이 한창이었다. 우리 집에서 내려다보이는 앞 동 입구의 목련과 놀이터 주변의 벚꽃이 며칠 전부터 벌써 활짝 피어서 마음이 조급해졌다. 계절은 인간을 기다려주지 않지만 부디 이틀 뒤에도 우리 몫의 봄이 남아 있기를, 안 되는 줄 알면서도 빌어본다.

2022년 4월 11일 월요일

드디어 밖으로 나갈 수 있는 날이었다. 게다가 오늘부터는 유하가 등원도 한다. 자기도 신이 났는지 하원하고 공원에서 씽씽이를 탈 거라며 아침부터 난리였다.

씽씽이를 챙겨 들고 기분 좋게 현관문을 나섰는데, 엘리베이터가 지하 1층에서 움직일 생각을 하지 않았다. 저한테 왜 이러시죠……? 한 손으로 유하 손을 잡고, 다른 한 손으로 씽씽이를 들고 9층 우리 집에서 지하 주차장까지 내려갔더니 이게 뭐라고 숨이 몹시 찼다. 이것이 말로만 듣던 코로나19 후유증인가?

짧은 등원 길에 보니 이미 만개해버린 벚꽃이 지고 있었다. 집으로 돌아오는 길에 신호에 걸려 정차해 있을 때, 바람에 실린 벚꽃이 양옆에서 안개비처럼 떨어져 내렸다. 행복이 고요하게 스며들었다.

늘 먹는 약이 마침 어제 떨어져서 아파트 주차장에 차를 대놓고 병원까지 걸어갔다. 오는 길에는 일부러 단지를 빙 도는 길을 택했다. 그쪽에도 벚나무가 있었기 때문이다. 매년 보는 벚꽃인데 매년 새롭게 아름다운 건 어째서일까. 절반은 떨어지고 절반은 붙어 있는 벚꽃을 보며 집으로 돌아왔다.

하원 길에는 평소보다 조금 긴 산책을 했다. 씽씽이를 탄 유하가 이끄는 길로 숨차게 따라갔더니 이 동네에서 5년 넘게 살았는데도 몰랐던 벚꽃 명소가 나왔다. 그곳은 그늘이 져 있어서 벚꽃이 이제야 피기 시작하는 듯했다. 누가 일부러 남겨둔 것 같은 우리 몫의 봄이 거기에 있었다.

나의 어린이는 뒤도 한 번 돌아보지 않고 연분홍색 벚

꽃 길을 씽씽이로 달려갔다. 그 뒷모습을 바라보는 것만으로도 일주일간의 고생을 모조리 보상받는 기분이었다. 남들보다 늦게 시작한 이 봄을, 우리는 마지막 한 톨까지 싹싹 긁어 즐길 것이다.

유하가 우는 이유

- 자장가 속 섬 집 아기가 혼자 있어서

- 변신 로봇 대결하는데 유하가 변신 중일 때 엄마가 공격해서

- 엄마가 "내일 점심으로 인도 카레 먹을 거니까 오늘부터 굶어야지"라고 말해서(자신을 굶긴다는 것으로 착각했다)

- 펭귄이 북극에는 안 산다고 해서

♠ 백화점에서 만난 산타가 외국인이라서

♠ 아빠가 "윙 치키 윙 치키" 하면서 로봇 흉내 내서

♠ 깔때기 주둥이에 비타민 캔디가 안 들어가서

♠ 처음 보는 아빠 쪽 증조할머니 머리가 너무 하얘서

♠ 병원에 입원했다가 퇴원하는 날 이제는 휠체어 못 탄다고 해서

♠ 미용실에서 머리 감는 게 무서워서

♠ 사촌 동생이 유하 밥 위에 올려둔 김 가루랑 밥을 섞어서

♠ 유하가 주차하라는 자리에 엄마가 주차를 안 해서

♠ 엄마가 아빠랑 이미 결혼했다고 해서

둘째를 가지는 꿈

둘째를 가지는 꿈을 꿨다. 꿈속에서 나는 내 인생이 끝났다며 오열하고 있었다. 그 감정이 어찌나 생생하던지, 깨어나서도 한동안 절망적인 기분에 휩싸여 있었다. 거실로 나와 요가 매트를 깔았다. 평소 상태가 좋지 않은 어깨와 목이 또 고장 날 조짐을 보여서 요 며칠 동안 아침에 몸을 이리저리 움직여보고 있었다.

누워서 머리와 다리를 바닥에 붙이고 가슴과 허리를 들어 올리는 물고기 자세를 하고 있는데, 잠에서 깬 유하가 비척비척 다가와 옆에 착 붙더니 내 다리를 두 팔로 감싸 안았다. 요가고 뭐고 다 때려치우고 유하를 꼭 껴안아 목덜미에 얼굴을 비비는 나. 10분 전까지만 해도 더 이상 애 낳기 싫다며 (꿈에서) 오열했던 인간이 말이다. 모순이 인간으로 태어나면 그게 바로 나네.

유하는 내 인생의 독보적인 행복이다. 그것은 틀림없는 사실이지만, 육아가 일상에서 무엇을 앗아가는지 나는 너무 잘 알고 있다.

이를테면 휴일에 늦잠을 자고 일어나 지난밤 보다 만 책을 한두 챕터 연속해서 읽는 것.

하루를 내 마음대로 계획하고 꾸려나가는 것.

일하고 싶을 때 일하는 것.

밥을 여유롭게 먹는 것.

다른 요소(이를테면 남편이 그날 육아를 맡을 수 있을 것인가 등)를 고려하지 않고 친구와 저녁이나 주말 약속을 잡는 것.

쓰다 보니 너무 슬퍼지네. 그만 적어야겠다.

오늘은 번역 의뢰가 들어왔다. 관심 있게 지켜봐온 작가의 소설이라서 꼭 하고 싶었는데, 분량이 평소 내가 하는 작품의 1.5배였다. 게다가 연내 출간이 목표라 가능한 한 빨리 작업해야 하는 상황이라고 했다. 유하가 태어나기 전에는 아침부터 저녁까지, 휴일노 없이 내일매일 기계처럼 일하며 거의 한 달에 한 권꼴로 번역했지만, 요즘은 작업 기간을 그 두세 배로 잡는다. 유하가 어린이집에 가 있을 때만 일할 수 있어서 작업 시간이 그만큼 줄어들었기 때문이다. 또 이제는 육아도 해야 하고 체력 문제도 있으니 아주 급한 상황이 아니면 주말에는 일을 하지 않는다.

출판사에서는 대체로 '가능한 한 빠른 마감'을 원한다. 하지만 나는 그분들이 바라는 속도로 작업할 수 없을 때가 많다. 아이가 없었다면 무리해서라도, 원하시는 기간 내에 끝낼 수 있다고 답신했을지도 모른다. 하지만 지금의 나는 아침저녁으로 해야 하는 육아를 생각하면, 또 그 사이사이 유하가 아파서 등원을 못 하는 상황까지 고려하면 무리한 일정을 잡을 수 없다.

답장에 아이가 어려서 작업 기간이 많이 필요하다는 문장을 쓸까 말까 고민하다가 썼다. 유하를 내세우는 게 마음에 걸렸지만 그게 사실이니 어쩔 수 없었다. 다른 전업 번역가, 혹은 과거의 나보다 시간이 더 필요한 이유를 솔직하게 말하고 싶었다.

'집에 어린아이가 있습니다. 그래서 일정을 여유 있게 짜고 있어요. 대신 한번 정한 마감일은 꼭 지킵니다.' 이런 내용으로 답신을 보냈고, 다행히 출판사에서 출간 일정을 조정해주셔서 무사히 계약을 했다.

하지만 이건 행복한 경우고, 일정 조정이 여의치 않아 아쉽게 놓친 책도 많다. 출산을 앞두고는 내가 거의 평생에 걸쳐 사랑해온 작가의 소설을 검토해달라는 의뢰를 피눈물을 흘리며 거절해야 했다(검토서를 잘 쓰면 번역 의뢰로 이어질 가능성이 크다. 그래서 그 작가가 누구였냐고요? 무라카미 하루키였습니다……). 이런 식으로 아쉬움을 나열하자면 끝도 없지만, 그 여러 갈래의 가능성으로 이어지는 길들은 결국 내가 갈 수 있는 길이 아니었다. 후회도 미련도 가져봤자 소용없다.

요즘처럼 SNS를 통해 타인의 삶을 클릭 몇 번, 스크롤 몇 번으로 엿볼 수 있는 시대에는 반짝반짝 빛나 보이는 남들과 나를 무의식중에 비교하게 된다. 이 사람은 자식이 셋인데 집이 어쩜 이렇게 깨끗하지? 저 사람은 애가 아직 어린데 어떻게 시간을 내서 그런 멋진 창작물을 척척 만들어내는 걸까? 다 카메라앵글 밖의 눈물과 노력을 모르기 때문에 속 편하게 할 수 있는 감탄이다. 이 감탄을 '나는 왜 그렇게 못하지?'로 연결시키고 싶지 않다.

이 부분에서는 스스로에게 관대해지고 싶다.

매끈하고 아름다운 이미지와 글도 좋지만, 사실 나는 앵글 밖의 잡동사니에 더 관심이 간다. 사람들이 멋진 것, 근사한 것뿐만 아니라 돌봄노동과 가사에 허덕이고 일에 치이는 이야기도 많이 들려줬으면 좋겠다. 가고 싶은 길이 눈앞에서 끊겼을 때의 좌절, 뜻대로 자기 시간을 가지지 못하는 데서 오는 분노, 그리고 그것을 극복하는 지혜까지, 모두가 지금보다 더 자주 말했으면 좋겠다. 물론 그게 꼭 '워킹맘'의 이야기가 아니라도 좋을 것이다.

나도 이제 육아 6년 차지만 육아와 일을 양립시키는 방법 같은 건 아직도 잘 모르겠다. 그저 내가 가진 형편없는 체력과 그보다 더 형편없는 업무 시간을 알뜰살뜰 활용해 근근이, 정말로 근근이 매 마감을 넘길 뿐이다. 개인 시간 확보를 위해 남편과 피 터지게 싸워가며, 해가 갈수록 삐거덕거리는 몸을 살살 달래가며, 아침에는 집에서 안 나가려 하고 저녁에는 집에 안 들어가려 하는 유하 때문에 속이 시커멓게 타들어가며.

다만 그 시간 동안 내가 깨달은 점이 있다면 지금 당장이 아니면 큰일 나는 일은 대체로 없다는 것이다. 화장실 청소를 한 주 건너뛴다고 해서 심각한 질병에 걸리지는 않는다. 오늘 다 못 한 일은 내일 끝내면 된다. 지금 지나간 기회는 나중에 다른 형태로 다시 찾아올 수도 있다.

그러므로 나는 지금 이 글을 다소 급하게 마무리 짓고, 건조기 속의 빨래를 방치해둔 채 유하를 데리러 갈 것이다. 어린이집 현관에서 나온 유하가 주차장으로 순순히 가지 않고 반대편 공원으로 뛰어가도 느긋한 마음으로 뒤따라갈 것이다. 유하의 등을 바라보며 걷는 길에, 우리가 함께 맞이하는 다섯 번째 초여름에, 내가 포기한 가능성들과는 다른 형태의 아름다움이 숨어 있다고 믿어볼 것이다.

카페의 평화

남편이 회사 근처에서 근사한 팬케이크를 파는 카페를 발견했는데 유하가 좋아할 것 같다고 해서 주말에 함께 가봤다. 하얀 벽과 짙은 갈색의 목재 창틀이 고풍스러운 분위기를 자아내는 곳이었는데, 유하의 눈에도 그 인테리어가 좋아 보였는지 내부를 한 바퀴 돌며 구석구석 열심히 구경한 뒤에 창가 자리에 앉았다.

셋이서 메뉴판을 보며 팬케이크, 파르페, 아이스아메리카노를 골랐다. 주문한 음식을 카운터에서 받아 자리로 돌아가자 이런 화려한 메뉴는 난생처음인 유하가 "와아~" 하고 탄성을 질렀다. 두툼한 팬케이크는 새하얀 휘핑크림으로 뒤덮여 있었고, 그 접시 테두리를 따라 슈거

파우더를 뿌린 알록달록한 과일들이 놓여 있었다. 화려한 유리잔에 담긴 파르페에는 장난감 종이우산이 꽂혀 있었다. 아이스아메리카노는 양철 컵에 담겨 나왔다. 신이 난 어린이는 팬케이크 한 입, 파르페 한 입, 번갈아가며 야무지게 먹었다. 어린이집 친구들한테 보여주고 싶으니 사진도 여러 장 찍어달라고 했다. 팬케이크 접시와 파르페 유리잔을 깨끗이 비운 뒤 유하는 아이패드로, 남편은 휴대폰으로 게임을 하기 시작했고, 나는 가져간 책을 봤다.

5월의 초록이 유하의 등 뒤로 난 창문을 가득 채우고 있었다. 나뭇잎 사이로 바람이 지나가는 것이 보였다. 모든 게 믿을 수 없이 평화로웠다. 불과 한 시간 전까지만 해도 유하한테 외출할 거니까 옷 좀 입으라고 했더니 티셔츠 목 구멍으로 두 팔을 빼서 튜브톱처럼 입고 깔깔거리며 돌아다녀서 복장 터졌는데 말이다……

작년에 아기를 낳은 친구와 얼마 전 메시지를 주고받았는데, 내가 "세 살 되고 네 살 되면 조금씩 더 편해져"라고 했더니 친구는 "진짜야? 확실해?"하며 불신하는 뉘앙스를 풍겼다. 못 믿는 마음도 이해되었다. 그 불신은 몇 년 전까지만 해도 나의 것이었으니까. 유하와 처음 키페에 갔을 때는 나도 이런 평화를 누릴 날이 오리라는 것을 믿지 못했다.

　유하가 태어나고 두세 달쯤 지난 무렵이었다. 당시 우리 부부는 주말에 교대로 쉬는 제도를 시행하고 있었는데(내 남편은 세상만사를 제도화하려고 드는 제도광이다), 그날은 내가 쉴 차례가 되어 혼자 집 앞 스타벅스에 가서 책을 보려고 했다. 그러자 아이와 둘이 남겨지는 게 두려웠던 초보 아빠가 같이 가자며 따라나섰다. 유하는 자신이 알아서 돌볼 것이며, 자기네는 나의 옆에 공기처럼 조용히 있을 거라고도 덧붙였다.

　그 말만 믿고 다 함께 간 것까지는 좋았는데, 자리에 앉자마자 유하가 물컹물컹한 똥을 쌌다. 그맘때 아기들은 분유만 먹기 때문에 똥이 거의 설사에 가까워서 뒤처리가 몹시 힘들다. 집에서는 매번 보디 워시로 씻겨주지만 밖에서는 그럴 수 없으니, 찜찜함은 보호자의 몫이 되어 외출해 있는 내내 머릿속이 똥(묻은 엉덩이를 얼른 씻겨야 하는데 하는) 생각으로 점령된다. 백화점이나 쇼핑몰에 유아차를 끌고 온 보호자들이 많은 것에는 다 이유가 있다. 그런 곳에는 거의 모든 화장실에 기저귀 교환대가 있고, 유아 휴게실이나 수유실에는 대체로 엉덩이를 씻길 수 있는 세면대까지 마련되어 있기 때문이다.

　여하튼 남편은 자신이 뱉은 말을 지키기 위해 혼자 유하를 데리고 카페 외부의 상가건물 화장실에 갔지만 잠시 후 되돌아왔다. 남자 화장실의 칸이 좁아서 덩치가 큰 자신은 꼼짝도 할 수 없었다는 것이다. 그곳의 여자 화장실에는 아기를 앉혀두는 의자가 설치된 넓은 칸이 있다는 사실을 나는 알고 있었다(3개월짜리 아기는 어차피 앉힐 수도 없지만). 그나저나 대체 왜 대부분의 남자 화장실에는 아이를 앉혀두는 칸이나 기저귀 교환대가 없는 것인가? 이런 것에 하나하나 빡치자면 끝이 없는데도 나는 매번 일일이 정성껏 빡치곤 한다. 어쩔 수 없이 유하를 건네받은 내 뒤통수에 대고 남편이 외쳤다. "똥물이 새서 등허리까지 올라와 있더라!"

　화장실로 가서 왼팔에 유하를 기역 자로 걸쳤다. 오른손만으로 유하의 양말과 바지를 벗기고, 보디 슈트의 똑딱이를 열고, 똥이 떨어지지 않도록 기저귀의 밴드를 조심조심 떼어내고(해본 사람은 알겠지만 팬티형이 아닌 밴드형 기저귀를, 그것도 똥이 가득 들어 있는 밴드형 기저귀를 한 손으로 벗기는 일은 거의 묘기와도 같다), 물티슈 캡을 열고 물티슈를 꺼내 엉덩이를 닦았다. 똥물이 묻은 옷도 최대한 박박 닦았다. 더러워진 물티슈를 똥 기저귀 위에 쌓고 다시 역순으로 새 기저귀와 옷을 오른손만으로 입혔다. 이제 남은 일은 똥 기저귀를 돌돌 말아 찍찍이를 붙이는 것인데 그것만은 도저히 한 손으로 할 수 없었다. 그러는 사이에도 유하는 활발하게 버둥대고 있어서 왼팔의 힘이 점점 빠졌다.

변기 뚜껑 위에 활짝 펼쳐진 똥 기저귀를 내려다보며 잠시 갈등하다가 유하를 들고 스타벅스로 달렸다. 그 짧은 시간 동안 '스타벅스 똥 기저귀 맘충'으로 낙인찍혀 인터넷 세상에서 조리돌려질 내 모습이 그려졌다. 남편에게 애를 던지듯이 맡기고 얼른 화장실로 되돌아갔다. 다행히 그 사이에 들어간 사람은 아무도 없는 듯했다. 기저귀를 잘 뭉쳐서 휴지통에 버리고, 손도 깨끗이 씻고 돌아왔더니 예상대로 남편은 아까 모습 그대로, 자기 팔에 유하를 기역 자로 걸쳐둔 채 굳어 있었다. 똥물 묻은 옷을 입은 아이를 유아차에 태울 수 없었던 것이다.

"등에 냅킨을 대고 태우면 되잖아?"

"아⋯⋯."

남편은 잔뜩 풀이 죽어 등에 냅킨을 두껍게 댄 유하와

함께 먼저 집으로 돌아갔다. 집에 가서는 혼자 유하의 옷과 유아차 시트를 세탁하고 목욕까지 시키느라 고생했을 것이다(남편의 위생 관념상 똥물 묻은 옷을 입은 아이를 태운 유아차 시트는, 그 사이에 냅킨이 있었다 해도 똥물 묻은 시트나 마찬가지이기 때문이다⋯⋯). 나라고 그 난리 뒤에 책이 눈에 들어왔을 리 없다. 우리는 그 뒤로 오랫동안 셋이 함께 카페에 가지 않았다. 그러니 "카페 갈까?" "그래!" 하고 걱정 없이 외출할 수 있는 지금이 가끔은 꿈만 같다.

유하가 아이패드 게임을 슬슬 지겨워해서 미련 없이 읽던 책을 덮고 밖으로 나갔다. 근처를 한 바퀴 산책한 뒤 저녁까지 먹고 집으로 돌아왔다. 동네에 '유하가 좋아하는 카페'가 하나 늘어서 기쁜 날이었다.

지안이랑 저녁 식사
하고 싶어요

　어린이집에 유하를 데리러 가면 현관에서 종종 다른 아이의 보호자를 만난다. 처음에는 좀 어색해서 서로 묵례 정도만 했는데, 아이들이 근처 공원에서 같이 놀자고 조를 때가 많아서 언제부턴가 하원 후의 야외 놀이가 일상이 되었다.

　그날은 처음으로 같은 반 친구 지안이와 하원 시간이 겹쳤다. 유하는 신발을 신으며 지안이랑 공원에서 놀고 싶다고 말했다. 초면인 지안이 엄마가 곤란할까 봐 짐짓 못 들은 척했더니 유하가 점점 더 큰 소리로 외쳤다.

　"엄마! 나 지안이랑 놀다가 갈래!"

　지안이 엄마가 못 들을 수 없는 소리였다……. 다행히

지안이네도 저녁 일정이 없다고 해서 함께 공원에 가긴 했는데, 내가 알기로 유하와 지안이는 노는 그룹이 달라서 반에서도 교류가 별로 없는 사이다. 그런데도 적극적으로 같이 놀자고 하는 것이 조금 신기했다.

유하는 자기가 놀자고 해놓고 쌩하니 먼저 달려가버렸고, 지안이도 그 뒤를 따라 뛰어갔지만 정작 뭔가를 함께 하지는 않고 공원을 빙빙 맴돌 뿐이었다. 그런데 그 어색한 와중에 유하가 지안이의 손을 잡으려고 몇 차례 시도하는 것이 보였다. 이것은 혹시 이성적인 호감? 그러나 지안이는 그때마다 유하의 손에서 자기 손을 빼냈다. 지안이도 놀랐겠지만 처음 보는 아들의 모습에 나도 당황했다. "유하야, 친구 손 잡을 때는 잡아도 되냐고 먼저 물어봐야 해!" 하고 다급하게 일러줬는데 유하의 얼굴에는 물음표만 한가득 떠 있었다. 유하 입장에서는 지금까지 의준이나 사랑이 손은 턱턱 잡아왔는데 새삼 허락을 구하라고 하니 혼란스러웠을 것이다. 하지만 의준이나 사랑이는 이미 유하와 충분히 친한 친구들이다. 손잡는 건 예사고 서로 껴안고 빙빙 돌기도 한다. 그런 친구들과 아직 친해지지 않은 친구를 대하는 방식이 같을 수는 없는데, 이걸 어떻게 가르쳐야 하지……?

두 아이는 그 뒤로도 별다른 대화 없이 공원을 맴돌다가 헤어졌다. 집에 와서 손을 잡은 이유를 물어보니 자기는 지안이가 궁금해서, 알아보고 싶어서 그랬단다. 그래도 친구가 불편해하면 하지 말아야 해. 유하는 좋아도 친구는 불편할 수 있거든. 어른에게는 명쾌한 이 논리를 어린이에게 설명하려니 진땀이 났다. 혹시 마음에 상처를 입지 않을지 걱정도 됐다. 그러나 상대방이 싫어하는 스킨십이라면 성인 사이에서뿐만 아니라 어린이 사이에서도 허용하지 않는 것이 맞다. 어린이는 실수할 수 있으니까 이제부터 차근차근 가르쳐주면 된다.

다행히 유하는 추가 질문 없이 고개를 끄덕여줬고, 그러면서 이렇게 말했다. "엄마, 나 지안이랑 저녁 식사 하고 싶어요." "엄마는 지안이 엄마 전화번호를 모르는데?" "알려달라고 하면 되지!"

하, 사랑이 엄마 번호 물어보는 데도 3년이 걸렸는데 또 다른 엄마의 번호를 물어봐야 하다니……. 뭐, 어린애니까 금방 까먹겠거니 했는데, 유하는 그 뒤로도 주기적으로 "지안이 엄마 번호 이제 알아?" 하면서 채근을 해댔다. 그리고 얼마 후 지안이와 하원 시간이 또 겹쳤다. 유하는 이때라는 듯이 뒤에서 내 엉덩이를 마구 밀며(등까지는 손이 안 닿는다) "엄마, 전화번호 알려달라고 해!" 하고 성화였다. 이럴 때 뚝딱거리지 않고 능숙하고도 세련되게 번호를 물어볼 수 있는 사교성이 나에게 탑재되어 있다면 좋으련만, 현실은 고장 난 로봇처럼 철컹철컹 다가가 삐거덕거리며 유하의 뜻(저녁 데이트 신청)을 전하며 "저기, 괜찮으시면 번호 좀……" 하는 게 고작이었다.

다행히 지안이 엄마는 파안대소하며 번호를 알려줬고, 그다음 주에 동네 이탈리안 레스토랑에서 함께 파스타를 먹기로 했다. 애들이 다음 날 어린이집에 가서 이야기를 했는지, 담임선생님도 평소에 전혀 함께 놀지 않는 둘이 저녁 약속을 잡은 것을 신기해하며 "지안이도 유하를 궁금해하더라고요~" 하고 귀띔을 해주셨다. 으흠, 어쩌면 그린 라이트일까? 또 유하에게 들은 바로는, 지안이랑 친한 M 군이 유하더러 지안이랑 밥 먹지 말라고 경고(?)했단다. 그러면 자기 집에 초대해주겠다고 제안도 했다고 한다. 하지만 유하는 무응답으로 일관한 모양이다. 이 친구들이 어린이집에서 〈하트시그널〉을 찍고 있네……?

식사 당일, 직사각형 테이블에 지안이와 마주 앉은 유하는 자기가 데이트 신청을 했다는 사실을 잊었는지 자꾸 의자에서 내려오거나 내 팔에 기대어 딴청만 피웠다. "지안이한테 물어볼 거 없어?" 하며 스몰 토크를 개시하라고 눈치를 줬는데도 영 못 알아듣는 기색이었다. 흥분한 건지 긴장한 건지 "우리 엄마도 화장하면 예뻐!" 따위의 엉뚱한 말을 느닷없이 하기도 했다. 풀메이크업하고 나간 건데 무슨 소리야……?

산만한 유하와는 반대로 지안이는 아주 점잖게 식사를 했고 내가 묻는 말에도 또박또박 대답을 잘 해줬다. 지안이는 차분하고 논리적이라는 점에서 보미와 비슷하다. 그리고 내가 관찰하기로 유하는 그런 친구들에게 동경에 가까운 호감을 느끼는 것 같다.

그날은 식사를 한 뒤 공터에서 함께 뛰어놀았다. 게임에 푹 빠져 있는 유하가 자기만의 규칙으로 놀이를 만들어 제안하면("여기서 이 색깔 블록의 칸을 한 칸씩 건너뛰고 옆으로 갔다가 집게발로 나가면 성공이야!") 지안이가 혼란스러운 표정으로 따라 해주는 것도 '함께'라고 부를 수 있다면 말이지만. 둘 다 집에 가는 것을 아쉬워해서 주차장 가는 길에 편의점에 들러 야외 파라솔 자리에서 왕꿈틀이를 나눠 먹고 헤어졌다.

아들을 키우다 보면, 특히나 유하처럼 엄마 사랑이 유난한 아들을 키우다 보면 자주 듣는 말이 있다. "엄마가 제일 좋다는 것도 다 한때야" "애인이 1순위가 될 날이 얼마 안 남았으니까 지금 즐겨둬" 그런 말을 들을 때마다 나는 웃으며 고개를 끄덕이면서도 약간의 위화감을 느꼈다. 아들의 사랑을 두고 그 애인과 경쟁하는 게 이상하다는 건 둘째 치고, 그런 날이 오면 나는 과연 섭섭할까? 유하의 마음에서 내가 가장 큰 자리를 차지하지 않는 것이 쓸쓸해질까?

아직은 미래의 감정을 장담할 수 없지만, 지금의 나는 그게 꼭 슬프지만은 않을 것 같다. 오히려 유하의 마음에 다양한 친구들이 들어왔다가 나가고 또 들어오는 과정을 옆에서 지켜보면 대리 설렘(?)을 느낄 수 있어서 좋을 것 같고, 한편으로는 그런 미지의 경험, 미지의 감정, 미지의 관계가 앞으로의 인생에 잔뜩 남아 있는 유하가 부럽고 질투도 난다. 물론 유하는 자신이 가진 '미지'들이 얼마나 값진지 아직은 모르겠지. 이상은의 노래처럼 '젊은 날엔 젊음을 모르고 사랑할 땐 사랑이 보이지 않'으니 말이다. 아, 이러다가 나도 나를 키워준 어른들이 그랬듯이 "그때가 좋은 거야"라는 말을 달고 사는 양육자가 될 것 같다.

집에 와서 잔뜩 땀을 흘린 유하를 뽀득뽀득 씻기고, 머리끝부터 발끝까지 오렌지 향기가 나는 몸을 꼭 껴안으며 오늘 꿈에서도 지안이랑 신나게 놀라고 말해줬다. 침대에 눕히자 유하는 엄마가 오늘 자기를 보고 어떤 감정을 느꼈는지 전혀 모른 채 금세 곯아떨어졌다.

걱정과 불안과
낙담과 초조

　국경일이 껴 있던 사흘 연휴의 마지막 날, 저녁으로 치킨을 먹고 잠자리에 들었는데 유하가 밤 11시쯤 갑자기 일어나 목에 뭔가 걸린 것 같다며 컹컹 기침을 했다. 흐물흐물한 게 목 안에 딱 붙어 있다며, 눈물을 뚝뚝 흘리면서 당장 빼달라고 난리였다. 숨은 잘 쉬는 것 같아서 일단은 진정시켜 재웠는데, 새벽 3시에 또 일어나더니 이번에는 살려달라고 고래고래 소리를 지르며 엉엉 울었다.

　급하게 옷을 꿰어 입(히)고 집에서 가장 가까운 2차 병원의 소아 응급실로 달려갔다. 닭 뼈가 목에 걸린 것은 아닌지 걱정되어 왔다고 의사에게 설명했다. 그러자 의사가 이 병원에는 소아에게 후두내시경을 할 수 있는 기구가 없다며, 혹시라도 기도로 넘어갔으면 큰일이니 대학병원으로 가서 검사를 받아보기를 권했다.

대학병원 응급실에 가서 자초지종을 설명하자 일단은 엑스레이를 찍고 기다리라고 했다. 그러는 사이에 유하는 목이 이제 안 아프다며 집에 가자고 난리였다. 그래도 진료는 받아봐야 하니까 대기실 의자에 유하를 눕히고 유튜브를 보여주며 몇 시간을 더 기다렸고, 드디어 해 뜰 무렵에 이비인후과로 연결되었다. 병원 직원의 안내를 받아 컴컴하고 고요한 본관 로비를 가로질러 7층의 이비인후과로 올라갔다.

잠시 후 의사가 와서 이런 경우에는 얇은 줄 끝에 달린 내시경을 코에 집어넣어서 보는 방법과 길쭉한 막대기에 달린 내시경을 입안에 넣어서 보는 방법이 있다고 설명했다. 전자는 유하의 콧구멍이 작아서 시도조차 못 했다. 후자는 유하가 혀를 길게 빼주면 그사이에 의사가 혀를 잡고 아래로 누르면서 막대기 내시경을 입안에 집어넣어야 했다. 그러나 잔뜩 겁먹은 유하는 혀를 입술 밖으로 고작 1밀리 정도만 슬쩍 내밀었다가 의사가 잡기도 전에 휙 집어넣기를 반복했다. 창밖으로는 희붐하게 날이 밝아오고 있었다. 밤을 꼬박 새우고 맞이한 아침 7시에 어린이에게 제발 메롱 좀 길게 해달라고 읍소하는 어른 둘……. 나야 보호자니까 그렇다 치지만 의사도 참 극한 직업이다.

결국 의사는 다른 환자를 보러 가버렸다. 나는 유하에게 저 막대기는 끝이 뭉툭해서 아프지 않을 것이고, 또네가 메롱을 안 해주면 우리가 여태 힘들게 기다린 것이 허사가 되며 치료도 못 받고 집에 가야 한다고 회유와 협박을 번갈아 해댔다.

"그럼 엄마가 혀를 잡아줘. 선생님이 잡는 건 무서워."

내 절박함이 통했는지 유하는 마침내 눈물이 그렁그렁 맺힌 눈으로 메롱을 해주기로 약속했다. 의사가 다시 왔고, 나는 라텍스 장갑을 끼고 대기하다가 유하의 혀가 입술 밖으로 나온 찰나를 노려 그 작고 미끈한 것을 꽉 잡고 아래로 눌렀다. 그 순간 의사는 재빨리 내시경을 집어넣어 목 안을 관찰했다. 초면이지만 환상의 호흡이었다.

"딱히 보이는 건 없네요. 엑스레이상으로도 깨끗하고요."

만일의 경우를 대비해 항생제를 처방해줄 테니 그것만 먹이면 될 거라고, 수납 후 집에 가도 좋다고 해서 유하를 데리고 응급실 대기석으로 돌아갔다. 그 와중에 유하는 휠체어로 이동해서 잔뜩 신이 났다. 더 빨리 달리라고, 더 세게 밀라고 난리였다. 자기는 벌써 다 나은 것 같단다. 매번 느끼는 거지만 집에서는 다 죽어가던 애가 어째서 응급실만 오면 멀쩡해지는지 알 수가 없다. 어느새 어둠이 가시고 환해진 본관 로비는 환자와 보호자 들로 꽉 차 있었다.

의사가 허락했으니까 돈 내고 집에 가면 되는 줄 알았는데, 아무리 기다려도 수납하러 오라는 말이 없었다. 창구에 가서 물어봤더니 이비인후과 담당의와 응급실 담당의가 합의해서 퇴원 오더를 내줘야 하는데 그들이 회의에 들어가서 연락이 안 된단다. 두 시간을 더 기다려서 겨우 수납을 하고, 처방약이 올 때까지 또 30분 동안 대기했다(리빙 포인트. 대학병원 응급실에 갈 때는 충전기와 태블릿 PC, 그리고 인내심을 챙겨 갑시다). 우리 옆자리에 앉아 있던 발을 다친 할머니는 기다리다 지쳐서 진료도 안 받고 그냥 가셨다. 보호자로 따라온 아드님이 "아유, 엄마, 여섯 시간을 대기하다가 그냥 가네?" 하며 허허허 웃는 소리가 들렸다. 힘들 때 웃는 자가 일류라더니 참된 일류가 거기 있었다.

남들은 출근해서 일하는 시간에 집으로 돌아와 유하

를 재우고, 나와 남편도 눈을 붙였다가 일어나보니 오후 3시였다. 하루가 있었는데 없네요⋯⋯? 이렇게 응급실 소동은 마무리되었고, 내일부터는 유하를 등원시킬 수 있을 거라고 이때까지만 해도 굳게 믿고 있었다.

다음 날이 되자 유하의 기침 소리가 격해졌다. 전날까지 미열이었던 체온도 38도를 넘었다. 목에서 이물감을 느낀 건 목감기 증상이었나 보다. 동네 소아과에 데려갔더니 전형적인 감기라며 약을 지어줬다. 그것도 모르고 애 말만 듣고 닭 뼈에 꽂혀서 응급실에서 밤을 새우다니. 허탈하긴 했지만, 또 같은 일이 일어난다 해도 유하가 울면서 살려달라고 소리를 지르면 나는 냅다 응급실로 달려갈 것이 분명하다.

그다음 날이 되자 기침과 가래가 더 심해졌다. 해열제를 먹였지만 열도 잡히지 않았다. 유하는 과거 두 번이나 폐렴으로 입원한 적이 있는데 그때와 증상이 비슷해 보였다. 육아에서 제일 중요한 게 일희일비하지 않는 태도지만 애가 아프면 평소의 그런 다짐도 속수무책으로 무너진다. 가래 끓는 소리가 섞인 기침 몇 번에, 평소와 다른 오줌 색깔에, 구토나 설사 한 번에 가슴이 덜컥 내려

앉는다.

나는 또다시 시간과 돈을 들여 안심을 사기 위해 유하를 큰 병원으로 데려갔고, 병원에서는 호흡기 증상으로 진료를 받으려면 병원 주차장에 설치된 선별검사소에서 신속항원검사를 해야 한다고 했다. 또다시 회유와 협박을 거듭해 검사대 앞에 유하를 간신히 세웠는데, 갑자기 사력을 다해 도망치는 바람에 전력 질주 끝에 겨우 붙잡아 와 머리통을 억지로 부여잡고 코를 쑤셨다. 그리고 검사 결과가 나올 때까지 병원 근처에서 두 시간을 기다려 음성 확인 문자를 받은 뒤에 진료를 봤다. 다행히 엑스레이 이상으로는 폐가 깨끗해서 감기약만 추가로 타 왔다.

그리고 그다음 날인 오늘까지 유하는 열이 떨어졌다 올랐다를 반복하고 있다. 나는 이번 주부터 작업을 시작하려고 했던 새로운 번역서를 펼치지도 못했다. 얼른 낫지 않는 유하도 걱정이었지만, 요 며칠간 일을 하나도 못 했다는 생각에 나도 거의 수명이 닳는 느낌으로 속이 바작바작 타들어갔다.

이렇게 초조함이 나를 집어삼키려 할 때, 경험상 가장 좋은 해법은 그냥 몸을 움직여 눈앞의 일을 닥치는 대로 해치우는 것이다. 애가 동영상을 볼 때 옆에서 할 수 있는 일, 요컨대 시시때때로 치고 들어오는 유하의 각종 요구 사항을 들어주면서도 할 수 있는 자잘한 일을 이때 몰아서 하면 효과적이다. 가령 집안일이라면 지난봄 창고에 넣어둔 가습기를 꺼내 설치하고 공기청정기의 필터를 갈고 빨래를 개고 쓰레기를 모아두기. 업무라면 간단한 메일 답신이나 참고 자료 찾기나 작업서 미리 읽어두기. 그럼으로써 얻는 밤톨만 한 성취감이 모이면 '아무것도 못 했다'는 초조함에서 그럭저럭 벗어날 수 있다. 물론 에라 모르겠다 하고 애 옆에 누워서 유튜브나 볼 때가 더 많지만…… 뭉텅이 시간이 필요한 일은 저녁에 남편과 육아를 교대한 뒤에 최대한 집중해 해치운다. 오늘의 걱정과 불안과 낙담과 초조는 당장 다음 주만 되어도 흔적 없이 사라지리라는 사실을 나는 경험을 통해 알고 있다. 모든 오늘에는 끝이 있다. 모든 현재는 과거가 된다. 어떻게든 안 되는 일은 없다.

유하가 갑자기 거실 매트 위에 이불을 깔고 쿠션과 책으로 직사각형 테두리를 치더니 "엄마, 혼자만의 시간이 필요하면 여기 들어가 있어"라고 했다. 열이 38도가 넘는 작은 몸으로 만들어준 그 공간은 너무나 허술했고 그래서 귀여웠다. 우리 둘이 들어가면 꽉 차는 그 공간에 가만히 누워서, 유하의 뜨거운 손을 잡고 '포켓몬스터' 시리즈의 극장판 중 하나인 〈포켓몬 더 무비 XY 후파: 광륜의 초마신〉을 함께 봤다. 창밖으로 보이는 쨍한 하늘에는 신카이 마코토의 애니메이션에서나 볼 법한 솜구름이 떠 있었다. 걱정과 불안과 낙담과 초조 사이로 잠시 평화가 찾아들었다.

루이즈의 선택

지난달에는 내 생일이 있었다. 유하가 전날 밤 아빠와 함께 쓴 카드를 자기만의 비밀 장소(거실 협탁 뒤)에 숨겨 놨다가 아침에 일어나자마자 꺼내줬다. "엄마 사랑해" "생신 축하해요"라고 쓰여 있는 카드에는 유하가 아끼는 '엉덩이 탐정' 스티커가 덕지덕지 붙어 있어서 웃음이 났다. 아침에 유하를 어린이집에 보내놓고 남편과 예술의 전당에 가서 앙리 카르티에 브레송 사진전을 봤다. 점심을 아주 느긋하게 먹은 뒤 유하가 태어나기 전에 살았던 A 시의 중앙공원에 가서 나무들 사이에 돗자리를 깔고 누웠다. 유하를 키우며 가장 절실한 것이 공원에 누워서 아무것도 안 하는 시간인데, 이날 큰맘 먹고 가져보았다.

한두 시간 뒹굴다가 일어나서 공원을 한 바퀴 돌았다. 분수대에서는 물줄기가 시원하게 뻗어 나와 한여름 태양에 달궈진 돌바닥을 식히고 있었다. 그 앞 벤치에 앉아 춤추는 물줄기를 바라보며 한참 물멍을 하다 보니 어느새 하원 시간이 다가와서 유하를 어린이집에서 데려왔다.

지난번에 유하가 토르티야를 잘 먹었던 게 생각나서 저녁은 파히타를 먹으러 갔는데, 고기와 야채를 토르티야에 싸서 주니 고작 한두 번 먹은 다음부터 야멸차게 고개를 돌렸다. 그러고는 속 재료 없이 토르티야만 오물오물 씹을 뿐이었다. 속이 타서 조금 더 먹어보라고 권하려다가 말았다. 이따가 집에 가서 시리얼 먹이지 뭐…….외식을 할 때는 아이의 편식과 소식에 관대해지는 게 모두의 평화를 위한 길이다. 이렇게 쓰긴 썼어도 좀처럼 잘 안 되지만 말이다.

집으로 돌아와서는 유하와 남편이 (생일 초가 없어서) 스타벅스 조각 케이크 옆에 굵은 향초를 두고 축하 노래를 불러줬다. 이제 제법 큰 유하가 내 초를 끄려고 덤비지 않는 게 대견했다. 내가 "유하가 건강하고 행복하게 자라게 해주세요"라고 소원을 빌자 유하는 "엄마가 깨끗하고 건강하게 해주세요"라고 했다. 유하야, 이 엄마가 혹시 평소에 더러웠니……?

　유하에게도 남편과 내가 사랑하는 A 시의 중앙공원을 보여주고 싶어서 어제 함께 갔다. 마침 축제가 열려서 에어바운서와 이동식 바이킹, 이동식 귀신의 집에 각종 푸드 트럭까지 와 있었다. 안 그래도 주말이면 사람이 많은 곳인데 어제는 그야말로 돗자리 펼 자리조차 찾기 힘들 정도였다.

　공원 주차장은 당연히 만차여서 겨우 근처의 공영 주차장을 찾아내 차를 댄 뒤 캠핑 의자 세 개, 테이블 한 개, 씽씽이 한 대, 기타 먹거리와 여벌 옷 등을 끙끙대며 잔디밭으로 날랐다. 공원 한복판에는 큰 분수대가 있고 그 앞으로 맑고 얕은 인공 시냇물이 두 줄기 흐른다. 그리고 그 시내 측면에서는 매 시각 물줄기가 아치형으로 뿜어져 나오는데, 거기가 바로 이 동네 아이들의 워터 파크다. 9월 중순인데도 물 나오는 곳은 이미 쫄딱 젖은 아이들로 가득했다. 그 모습을 본 유하도 재빨리 물에 뛰어들더니 신고 온 샌들을 벗어서 시내 상류로 던졌다가 물살에 휩쓸려 내려오면 다시 받는 놀이를 한참이나 했다.

　남편이 물놀이하는 유하를 지켜보는 사이에 혼자 공원

을 빠져나왔다. 이 동네에 살았을 때 단골집이었던 김밥천국에서 김밥을 세 줄 산 다음 편의점에서 수건과 음료수도 샀다. 유하가 없던 시절 출퇴근하며 지났던 가로수길, 유하가 없던 시절 노트북을 들고 가서 일했던 카페, 유하가 없던 시절 자주 조조영화를 보러 갔던 영화관을 지나 유하에게로 걸어가니 마치 6년의 시간이 빨리 감기로 흘러가는 듯했다. 또다시 SF 작가 테드 창의 단편소설 「네 인생의 이야기」를 바탕으로 만든 영화 〈컨택트〉가 떠올랐다. 유하를 키우며 수시로 곱씹어보는 영화다.

나는 유하가 태어난 해에 〈컨택트〉를 봤다. 그때 유하는 뒤집기도 제대로 못 하는 신생아였고 꼭 내 배 위에서만 낮잠을 잤다. 깨어 있을 때도 안아주지 않으면 잘 울어서 내 점심시간이 되면 아기 띠로 유하를 안고 짐볼에 앉아 위아래로 움직이면서, 밥과 장조림과 김치를 한데 담은 그릇을 한 손에 들고 숟가락만으로 들이마시듯이 먹었다. 그런 시기에 잠든 유하를 배 위에 올리고 거실 소파에 꼼짝없이 누워서 본 영화가 〈컨택트〉였다.
　주인공 루이즈는 언어학자다. 어느 날 세계 각국의 상공에 외계 비행 물체가 등장한다. 이에 정부 측 사람이 루이즈를 찾아와 외계인의 언어를 번역해달라고 요청한다. 루이즈는 이론물리학자 이안과 함께 투명한 벽을 사이에 두고 외계인을 만나며 그들의 언어와 문자를 익힌다. 외계인의 문자는 동그라미에 돌기가 돋아 있는 형태인데, 시작도 끝도 없는 이 원 모양 문자처럼 그들은 과거, 현재, 미래를 동등하게 인지한다. 루이즈는 그들과 접촉한 이후 어떤 소녀의 환영을 드문드문 보기 시작하고, 외계인의 문자를 웬만큼 익힌 다음부터는 미래를 보는 능력을 가지게 된다. 그러던 어느 순간 루이즈는 환영 속 소녀가 이안과 자신 사이에서 태어날 미래의 딸이라는 것을 깨닫는다. 그 딸이 어린 나이에 희귀병으로 죽을 운명이고, 이안은 모든 사실을 안 뒤 결국 자신을 떠나리라는 것까지도. 그걸 다 알면서도 현재의 루이즈는 이안의 고백을 받아들인다. 그와 아이를 갖기를 선택한다.

그날 밤 나는 남편에게 이 영화 이야기를 하면서 내가 루이즈라면 다른 선택을 했을 거라고 말했다. 아이를 잃는 고통을 아이를 낳지 않음으로써 피할 수 있다면 나는 그 길을 고를 거라고, 내게는 루이즈 같은 용기가 없다고 말이다. 그러나 유하와 보내는 시간이 쌓여갈수록 내 마음은 루이즈의 선택 쪽으로 기울고 있다. 미래를 보는 루이즈는 아이를 낳지 않는다는 선택이 무엇을 의미하는지 알고 있었을 것이다. 잠이 덜 깬 부은 얼굴로 나에게 와서 푹 안기는 작은 몸, 등하원 길에 자동차 뒷좌석에서 거리의 간판을 읽는 가느다란 목소리, 집중해서 뭔가를 쓰거나 그릴 때면 오리 부리처럼 튀어나오는 입술, 이마에 뽀뽀해주면 반달이 되는 눈. 지금의 나는 이런 것들이 애초에 존재조차 하지 못하게 만드는 선택을 도무지 할 수 없다. 그 끝에 어마어마한 고통이 기다리고 있다는 것을 안다 해도 말이다.

캠핑 의자에 앉아 김밥과 음료수를 나눠 먹으며, 이제껏 내가 했던 수많은 선택이 지금 내 눈앞의 유하로 이어진 것이라면 타임머신을 타고 과거로 간다 해도 절대 아무것도 바꾸지 않을 거라는 생각을 했다. 당시에는 잘못했다고 느꼈던 결정도, 땅을 치고 후회했던 선택도 모두 다 그대로 둘 것이다.

집에서 가져온 보드게임을 하고 과자도 먹다 보니 어느새 저녁이 다가왔다. 또다시 물에 들어갔다가 나온 유하를 수건으로 잘 닦아주고 보송한 옷으로 갈아입힌 다음, 남편이 차에 짐을 실으러 간 사이에 돗자리에 함께 누워 유하가 요즘 좋아하는 EBS의 어린이용 과학 프로그램 〈호기심딱지〉를 봤다. 비릿한 물 냄새를 풍기는 작은 머리가 내 팔에 얹혀 있었고, 그 위로 점점 핑크색으로 변해가는 하늘이 연한 파란색에 뒤섞여 비현실적인 색감으로 펼쳐졌다. 내 인생에서 손에 꼽을 만한 아름다운 하늘이었지만 유하가 동영상에 집중하라고 성화여서 조금밖에 보지 못했다.

마음껏 실패해보기

지난주 토요일에 의준, 지안, 사랑이와 그 엄마들이 우리 집에 놀러 왔다. 곧 다른 동네로 이사 가는 유하와 나를 만나러 와준 것이다. 유하는 친구들이 오기 한 달쯤 전부터 날마다 "엄마, 오늘 며칠이야? 그럼 ×× 밤 자면 친구들 오겠네!"하며 기대에 부풀어 있었고, 당일 아침에는 자기 방에서 문을 닫고 한참 동안 비밀스럽게 뭔가를 만들었다. 슬쩍 열어보니 빨대 블록으로 정육면체를 여러 개 만들어 T 자 형태로 연결해놓았다. 유하 말로는 친구들을 맞이하기 위한 갑옷이란다. 대체 누구로부터, 무엇을 방어하기 위한 갑옷인가? (속이 뻥뻥 뚫려 있어서 아무것도 막을 수 없다.)

곧이어 벨이 울리자 유하는 하찮고 귀여운 갑옷을 입고 삐걱삐걱 걸어나갔다. 현관문 밖에는 사랑이와 지안이가 평소보다 멋진 옷을 입고 서 있었다. 우리 집에 많이 와본 사랑이는 손을 씻자마자 조르바가 있는 방으로 직행했고, 지안이도 그 뒤를 따라 들어갔다(둘 다 유하의 갑옷에는 전혀 흥미를 보이지 않았다). 두 아이는 쪼그려 앉아 조르바의 털을 한참 쓰다듬었고, 조르바도 그에 화답하며 작은 손 네 개에 제 얼굴을 번갈아 문지르다가 사랑이 무릎에 냉큼 올라가 앉았다(리빙 포인트. 손님 접대에는 갑옷보다 털옷이 좋습니다).

조금 늦게 도착한 의준이가 다행히(?) 유하에게 관심을 보여줬고, 다혜 씨(의준이 엄마)는 모두 함께 산 거라며 커다란 박스를 내밀었다. 그 안에는 찻잔 세트와 파스타 볼, 접시가 꽉꽉 들어차 있었다. 박스 겉에 '멋진 새집에서 좋은 일만 가득하길♡'이라고 크게 적혀 있어서 약간 울 뻔했지만 의연하게 커피를 대접했다. 애들도 안 우는데 어른이 울 수는 없었다(아니, 울어도 되려나? 어른이라고 헤어짐이 슬프지 않은 건 아니니까).

전날 밤에 만들어놓은 소고기장조림과 무피클, 계란찜, 방울토마토를 차려놓고 아이들끼리만 4인용 식탁에 앉혔더니 다들 즐겁게 먹어줬다. 유하가 3분에 한 번씩 자리를 이탈해 엉덩이춤을 추는 바람에 친구들까지 덩달아 일어서긴 했어도 그만하면 아주 훌륭했다. 엄마들은 거실에서 그 모습을 바라보며 "자기들끼리 잘 먹으니까 편하네" "다 키웠다, 진짜" 하는 말을 주고받았다.

식사가 끝나자 유하는 전날 친구들 주려고 사놓은 아이스크림을 잊지 않고 냉동실에서 꺼내와 하나씩 나눠줬고, 아이들은 그걸 먹으며 놀았다. 엄마들은 이때다 싶어서 (평소 애들이랑 같이 있으면 못 먹는) 매운 해물찜을 시켜 먹었다.

재작년에 사랑이와 보미가 처음 우리 집에 놀러 왔을 때는 셋이서 5분에 한 번씩 싸우고 30분에 한 번씩 울었는데, 지금은 아무도 싸우지 않고 아무도 울지 않았다. 약간의 위기는 있었지만(닌텐도할 때 모두가 1P(첫 번째 플레이어)를 하려 함, 두 개밖에 없는 보석바를 세 아이가 먹겠다고 함, 하고 싶은 놀이가 서로 다름, 기타 등등), 시키지 않았는데도 양보하는 모습까지 보이며 대체로 사이좋게 놀았다. 작은 야생동물들은 사회적 인간으로 변모해가고 있었다.

몇 시간 뒤 의준이네는 일정이 있어서 먼저 떠났다. 작년까지만 해도 헤어질 때면 집에 가기 싫다고 한참 울었던 의준이가 이번에는 닌텐도 조이콘을 스스로 내려놓고 의젓하게 겉옷을 입어서 놀랐다. 너희들은 대체 왜 이렇게 빨리 크는 거야? 떼쓰는 모습도 귀여웠는데, 조금만 천천히 커주면 안 될까? (엄마 입장에서는 속이 터지겠지만…….)

사랑이와 지안이는 더 놀다가 저녁에 갔다. 엄마들끼리 포옹하는 모습을 지켜보던 지안이가 팔을 활짝 벌리더니 나를 두 번이나 꼭 안아줬다. 가느다란 팔에 힘이 단단히 들어간 것이 느껴져 마음이 녹아내렸다. 어린이의 포옹은 왜 이렇게 마음을 무장해제시키는지 모르겠다.

우리 집을 떠날 때마다 아쉬움을 가감 없이 표현하는 사랑이는 이번에도 엉엉 울었다. 아무래도 이별을 가장 실감하는 사람은 사랑이인 모양이다. 사랑이 마음속에서 유하가 어떻게 기억될지 궁금했지만 아직은 물어볼 수 없었다. 대신 이사 가서도 놀러 오면 된다고 여러 번 말해줬다. 나중에 유하 방 책장에서 사랑이가 남겨두고 간 편지를 발견했는데, "유하야 사랑해. 유하야 사랑하고, 월요일도 친하게 진예자♡ 사랑이가"라고 쓰여 있었다

(유하는 이사 당일인 화요일까지 어린이집에 가기로 했다). 사랑이 세 번이나 들어간 편지는 유하의 추억 보관함에 잘 넣어줬다.

친구들이 떠난 뒤 유하에게 오늘 하루 어땠냐고 물어보니 "너무너무 최고였어. 아주 굿이었어"라고 했다.

"친구들이랑 헤어지는 건 아쉽지 않았어?"

"유치원 가서 또 사귀면 되지, 뭐."

한 달 전부터 이날만을 손꼽아 기다린 것치고는 너무나 산뜻한 대답에 내가 다 섭섭했다. 미련 넘치는 엄마와는 반대로 유하는 벌써 미래를 향해 나아가고 있었다.

그리고 사흘 뒤, 우리는 유하가 평생(?)을 보낸 도시를 떠나 새로운 도시로 왔다. 오늘 아침 유하는 유치원에 입학했다. 어젯밤 자기 전에는 "엄마, 사실 나 낯설어서 (유치원 가는 게) 좀 무서워"라더니 등원 길에는 신이 나서 노래를 불렀고, 뛰다가 대차게 넘어져 엉엉 울었으며, 그러다가 다시 기분이 좋아져서 풍선으로 꾸며놓은 입학 축하 포토 존에서는 춤을 추며 사진을 찍었다. 집에서 길 하나 건너면 있는 유치원까지 가는 데 장장 30분이 걸렸다……. 내일부터는 차로 등원해야겠다.

유하는 유치원 현관에서 새로운 선생님을 보자 잔뜩 긴장해 목각 인형처럼 삐거덕거렸다. 선생님이 이름표가 붙어 있는 신발장을 가리키며 "유하 이름 찾아볼까?"라고 했지만 한참을 얼어붙어 가만히 서 있었고(결국 선생님이 찾아주셨다), 등을 밀어주자 그제야 해동되어 뚝딱거리는 걸음걸이로 교실에 들어갔다. 문득 지독히 내성적이었던 탓에 유치원에서 말 한마디 없이 책만 읽다가 하원하곤 했던 나의 어린 시절이 떠올라 안쓰러워졌지만, 그렇다고 내가 등원을 대신해줄 수는 없는 노릇이다. 이 또한 유하가 살아가며 여러 차례 겪어야 할 일이다. 아이는 자신의 방식으로 적응력을 길러갈 테니 너무 걱정할 필요는 없겠지.

지금까지는 유하의 침대와 서랍장이 안방에 있었는데, 조금 더 독립적인 생활이 가능하도록 이사하면서 모두 유하 방으로 옮겼다. 가구도 하원 후 스스로 빨래 통에 양말과 옷을 넣고, 가방을 가방걸이에 걸고, 겉옷을 옷장 속 옷걸이에 걸도록 동선을 고려해 배치했다. 새롭고 낯선 것이 확장시켜줄 유하의 세계를 응원하는 마음으로 남편은 어제 유하의 장난감장을 모조리 뒤엎어 정리했고 나는 오늘 유하의 서랍장과 옷장을 정리했다. 유하가 아기 때 좋아했던 장난감과 이제는 작아진 옷을 재활용 수거함에 넣으며, 우리의 한 시절이 우리도 모르는 사이에 지나가버렸다는 것을 느꼈다.

이제 나는 유하가 없어 고요한 집 거실에 앉아 창밖으로 펼쳐진 갈대밭을 보고 있다. 눈에 익지 않은 신선한 풍경이다. 유하는 어제 자기 방 침대에서 자는 것까지는 성공했는데(첫날이라 내가 함께 자주긴 했다), 과연 하원한 뒤에도 내가 생각한 동선대로 움직여줄까? 뭐, 잘 안 되어도 괜찮겠지. 가구 배치든 습관이든 뭐든 수정할 기회가 유하에게도, 나에게도 아직 많이 남아 있으니까. 내가 해야 할 일은 유하가 해낼 때까지 초조해하지 않고 기다려주는 것이고, 유하가 해야 할 일은 마음껏 실패해보는 것이다. 그 실패들을 가장 가까이에서 지켜보며, 아마도 나는 유하를 조금씩 더 깊게 사랑하게 될 것이다.